KB188035

사라지지 않는 노래

푸른도서관 30

사라지지 않는 노래

초판 1쇄/2009년 5월 15일
초판 4쇄/2012년 12월 10일

지은이/배봉기
펴낸이/신형건
펴낸곳/(주)푸른책들
등록/제321-2008-00155호
주소/서울특별시 서초구 양재천로7길 16 푸르니빌딩(양재동 115-6) (우)137-891
전화/02-581-0334~5 팩스/02-582-0648
이메일/prooni@prooni.com 홈페이지/www.prooni.com

글 ⓒ 배봉기, 2009

ISBN 978-89-5798-170-2 03810

이 도서의 국립중앙도서관 출판시도서목록(CIP)은 e-CIP홈페이지(http://www.nl.go.kr/ecip)와
국가자료공동목록시스템(http://www.nl.go.kr/kolisnet)에서 이용하실 수 있습니다.
(CIP제어번호: CIP2009000975)

사라지지 않는 노래

배봉기 지음

푸른책들

둘러보라,
보라, 그것이 모든 곳에서 살아 움직임을—
죽음 곁에서! 살아 움직이는 것!

– 파울 첼란의 詩 「말하라 너도」 중에서

차례

소설을 시작하며

소설로 들어가기에 앞서, 이 소설을 쓰기까지의 과정에 대해 약간의 설명이 필요할 듯싶다. 그러다 보면 이 소설의 바탕이 된 '기록'에 대한 이야기, 그리고 그 기록을 소재로 내가 소설을 쓰겠다는 결심을 하게 된 동기 등을 자연스럽게 밝힐 수 있을 것 같다.

결코 범상하다고 할 수 없는 그 기록을 내게 넘겨 준 사람은 대학 때 철학 동아리에서 같이 활동했던 오랜 친구로, 지금 국립대학교의 인류학과 교수로 있다. 우리는 대학 졸업 후에도 일 년에 서너 차례 이상 만나며 이런저런 대화를 나누는 허물없는 사이다.

한 해가 저물어 가던 재작년 12월의 어느 날, 나는 그 친구의 전화를 받았다. 재작년 초에 만나고 못 만났으니 거의 일 년 가까이 보지 못한 셈인데, 친구가 그 해 연구년을 맞아 뉴질랜드에 머물렀기 때문에 그리 된 것이었다.

우리는 자주 만나던 작은 카페에서 만나기로 했다.

그 친구는 나를 보자 검은 가죽 가방에서 꽤 두툼한 종이 묶음을 꺼내 탁자에 올려놓았다.

"뭐야?"

나는 그 친구의 눈을 보며 물었다. 그 친구는 내 앞으로 종이 묶음을 밀며 대답했다.

"네 소설이 될 기록."

"무슨 기록?"

"가져가서 찬찬히 읽어 봐. 깜짝 놀랄 테니까. 오늘은 우선 술이나 한잔 사고."

그 기록을 내가 읽어 본 것은, 출판사 망년회다 뭐다 해서 어수선한 분위기로 연말을 보내고 난 그 다음 해, 작년 1월 중순이었다.

친구는 그 기록을 오클랜드대학교의 인류학 자료 보관소에서 발견해 복사해 왔다고 했다. 기록 뒤에는 '기록자의 말'이 붙어 있고, 거기에는 소수 부족의 언어를 연구했다는 언어학자의 사인이 담겨 있었다. 그 사인 위의 연도 표기를 보면, 기록은 거의 100여 년 전에 작성된 것이었다.

　기록은 흔히 볼 수 있는 A4 용지에 복사되어 있어서 외형상
으로 특이한 점은 없었다. 처음에 나는 건성으로 훑어보았다.
복사본에 잡티가 많은 것으로 보아 원본의 종이 질이 좋지 않
은 것 같았는데, 그 당시 종이 품질이 그 정도였을 거라는 짐작
이 들었다.

　눈길로 대강대강 짚어 내리다가 어느 순간, 나는 읽기를 멈
추었다. 갑자기, 보이지 않는 그 무엇이, 강한 힘으로 가슴팍을
치는 느낌이었다. 잠시 숨을 고른 나는 첫 장에서부터 다시 차
근차근 읽어 가기 시작했다.

　그 기록은 상당히 충격적인 내용을 담고 있었다. 그것은 세
계 최대(最大)라고까지 일컬어지는 어떤 미스터리와 직접 연관
이 있는 기록이었다. 처음 읽기 시작했을 때는 설마, 하는 심정
이었다. 쉽게 믿을 수 있는 내용이 아니어서였다. 그러나 짧은
영어 독해 실력으로 한 문장, 또 한 문장, 되풀이해 읽으면서 점
점 그 기록을 신뢰하는 쪽으로 기울었다.

　그 뒤 몇 번을 되풀이해 읽고, 인터넷에서 관련 정보를 찾고,
기존의 문헌을 검토한 뒤, 나는 그 기록을 완전히 신뢰하기에
이르렀다.

　그건 놀랍고도 흥미로운 기록이었다.

그 기록은 발견자들에 의해 '이스터 섬(Easter Island)'[1]으로 명명된 태평양의 한 섬에 대한 이야기였다. 그 섬은 가장 가까운 육지인 칠레에서 동쪽으로 3,700킬로미터, 남태평양 폴리네시아 지역의 군도(群島) 중에서도 남서쪽 귀퉁이에 위치한 절해고도이다. 우리 독자들 중에서도 이 섬에 대해 들어 본 사람들이 상당히 있을 것이다. 태평양의 무수한 섬들 중 하나의 작은 섬에 불과한 이 섬이 수만 킬로미터나 떨어진 우리들에게까지 알려진 데에는 물론 특별한 이유가 있다. 바로 '모아이(Moai)'라는 석상(石像) 때문이다.[2] 제주도의 돌하르방에서 그 잔존 형태를 볼 수 있는 석상은 석기 시대 거석문화 중 하나라고 할 수 있는데, 유독 이스터 섬의 석상이 전세계의 주목을 받는 것은 바로 그 거대한 규모와 막대한 수량 때문이다. 이스터 섬은 가장 인구가 많았을 때라도 수만 명이 넘지 않았을 것으로 추정된다. 그런 섬에서 현존하는 것만도 천여 개를 헤아리는, 막대한 수량의 거대한 석상을 세우는 대대적인 공사가 가능했으리라는 것은 상식적으로 도저히 받아들일 수 없는 일인 것이다. 바로 이것이 이스터 섬의 석상군이 세계 5대, 7대 등으로 명명되는 미스터리 중에서 첫손가락으로 꼽히기도 하는 이유이다.[3]

물론 아무리 미스터리라 해도 이 섬에만 한정된 역사와 문화라면 다른 학문 분야의 관심 사항은 될지언정 소설의 재료가 될 수는 없을 것이다. 소설이란 기본적으로 인물들이 벌이는 사건이 있는 이야기이고, 그 이야기는 보편적인 의미를 가져야 하니까.

사실 그 기록이 '놀랍고 흥미로운' 것은 거대한 석상이 아니라 그에 얽힌 사람들 때문이다. 기록에는 사람의 이야기가 있었고, 그 이야기에는 강하게 마음을 끌어당기는 힘이 있었다. 그것이 밤을 새워 가며 기록을 읽고 자료를 검색할 만큼 내게 큰 충격을 준 것이다. 소설이 될 수 있을 것이라고 복사를 해 온 친구도 아마 그런 판단을 했을 것이다.

작년 2월 하순 어느 날 밤이었다. 나는 불을 끈 채 거실 창밖으로 풍성하게 쏟아지는 때늦은 눈을 바라보고 있었다. 두근

---

1) 1722년 4월 5일, 네덜란드의 야코프 로헤벤 제독이 서구인으로 처음 이 섬에 도착했는데, 그 날이 부활절임을 기념하기 위해 '이스터 섬'이라고 명명했다. 그 뒤 이 섬은 외부 세계에 그 이름으로 알려졌는데, 물론 섬 주민들의 의사와는 무관하다. 기록자인 언어학자가 의역한 이 섬의 이름은 '숨쉬는 심장(Breathing Heart)'이다.

2) 전체 면적 118㎢의 비교적 작은 이 섬에는 현재 9백여 개의 모아이가 있다. 이 석상 중 큰 것은 무게 75t에 높이는 21m에 이른다.

3) 상식을 벗어난 규모와 수량 때문에 이스터 섬의 모아이 건립에 대한 미스터리는 증폭되었다. 스위스인 다니켄은 외계인이 만들었다고 주장했는데, 이는 책 판매를 위한 일종의 사기임이 밝혀졌다. 그리고 1995년 유네스코에 의해 '석상·분묘군'이 세계문화유산으로 지정된 것은 모아이가 신비의 껍질을 벗고 역사 속으로 들어온 것을 공식적으로 인정한 것이라고 할 수 있다. 사실 모아이는 섬 주민들의 오랜 피와 죽음의 노역(勞役)으로 세워진 것이다. 이 '기록'은 그 건립 과정에 대한 깊이 있는 증언이라 할 수 있다.

거리는 가슴으로 오랫동안 어둠 속의 눈을 보면서, 나는 그 기
록을 소설로 쓸 것을 결심했다.

　일반적인 소설의 경우라면 불필요할, 사족 같은 이야기가
좀 길어진 것 같다. 소재가 워낙 특이한 데다 그것을 얻고, 청
소년소설로 쓰기를 결심하기까지의 과정에 곡절이 많아 이리
된 것임을 독자 여러분이 이해해 주었으면 좋겠다.

　한 가지만 더 이야기하고 이 번잡해진 서두를 마치려고 한
다. 비록 기록을 바탕으로 하고 있기는 해도, 이 소설은 일반적
인 소설화(小說化)의 규칙을 따랐다는 것이다.

　역사 기록과 역사소설의 관계가 적절한 비유가 될 것 같다.
역사 기록과 역사소설은 당연히 다르다. 역사 기록이 있었던
사실을 규명하고 그 의미를 파악하는 작업이라면, 역사소설은
허구적인 상상의 작업이기 때문이다. 비록 역사소설이 역사 기
록을 소재로 한다고 하더라도, 소설 자체는 어디까지나 허구적
인 상상 세계를 지향하는 것이다.

　그 기록은, 기록자 스스로도 언급하지만, 창작자가 아닌 언
어학자가 기록한 것이어서 사실의 나열에 불과하다. 문체도 학
자의 엄격한 특징을 보여 주듯 건조하다. 무엇보다 소설로 쓴
것이 아니기에, 인물 형상화나 서사적 구성 같은 소설적 요소

를 배려하지 않았다. 물론 소박한 진실이 그렇듯 깊은 감동을 주는 기록이기는 하지만, 막상 소설화를 생각했을 때 기록을 그대로 따라갈 수는 없는 일이었다.

그러니까 내가 그 기록을 활용한 것은 역사소설가가 역사 기록을 활용한 경우와 유사하다고 할 수 있다.

나는, 당연한 말이지만, 내 나름의 문체를 구사해야 했다. 긴 시간 속에서 흐릿한 형태로 등장하는 인물도 최대한 생생하게 살려 내야 했다. 또 그 기록이 품고 있는 감동을 가장 효과적으로 표현할 수 있도록 구성을 새롭게 해야 했다. 그러다 보니, 역시 당연한 것이지만, 글 분량이 기록의 두 배 이상이 되었다.

마지막으로 덧붙이자면 서술자의 인칭 문제다. 기록은 모두 3인칭으로 되어 있다. 기록자가 들은 이야기를 객관적으로 서술하다 보니 '그는 그렇게 생각했다.' 투의 3인칭이 된 것 같다.

하지만 허구적인 창작을 꼭 그렇게 객관적인 거리를 두고 서술할 필요는 없다. 내용에 따라 어떤 서술 방식을 구사해야 효과적인지 선택할 필요가 있는 것이다. 나는 이야기 구술자인 족장을 화자로 선택해 글을 3인칭에서 1인칭으로 바꾸었다. 단, 족장이 서술하는 섬의 역사 부분은 원문대로 3인칭으로 두었다. 아마도 독자 여러분이 읽어 보면 어렵지 않게 파악할 수 있을 것이다.

이제 소설을 시작할 수 있는 모든 준비가 끝난 것 같다.

자, 지금부터 초대에 응한 독자 여러분은 저 아득한 시간과 공간으로 여행을 떠나게 될 것이다.

어느 족장의 이야기

1장[4]

나는 바람에 휘말려 다리에 엉겨 붙는 옷자락을 왼손으로 감아올리며 '오름'의 정수리에 올라섰다. 깊은 밤이라고 해도 가장 크게 부풀어 오른 달에서 환한 빛이 가득 흘러내리고 있어 시야가 훤하게 열리며 눈 아래로 크게 물결치는 듯한 능선의 구릉들이 펼쳐졌다. 구릉들은 해안으로 밀려와 스르르 몸을 푸는 파도처럼 저 아래에서 완만한 평원을 그리며 바다와 만나고 있었다. 조용히 밀려온 물결이 모래톱을 쓰다듬듯 적시고

---

4) 앞에서 잠깐 언급했듯, 이처럼 장의 번호를 붙이는 식으로 서사의 단락들을 일정하게 배열하는 것은 내가 임의로 짠 구성이다. 기록은 건조한 형태로 이야기의 골격만을 보여 주고 있을 뿐이다. (그러나 그 뼈대에는 군더더기 없이 진실이 숨쉬고 있었다.) 기록을 소설의 형식으로 창작하는 과정에서 혹시 기록이 가지고 있는 절실함이나 핍진성을 손상시키지 않을까 하는 두려움은 내내 나를 컴퓨터 앞에서 망설이게 했다. 그러나 이제 작업을 하기로 한 이상, 진실을 지향하는 허구라는 소설의 힘으로, 그 기록의 진실이 더욱 강하고 선명하게 드러나기를 희망할 뿐이다.

스르르르 밀려나가는 소리가 귀에 잡히는 것 같았다.

나는 늘 앉던 자리에 앉았다. 잠시 숨을 죽였던 풀벌레들이 다시 목청을 돋우기 시작했다. 이 장소는 매일 해가 떠오르는 시간에, 또 오늘 밤처럼 가장 달이 크게 부푸는 밤마다 거르지 않고 와서 내가 기도를 올리는 곳이다. 이 곳에서 편한 자세로 앉아 두 손을 모으고 눈을 지그시 감을 때면 나는 항상 마음이 고요하게 가라앉는 것을 느낄 수 있었다. 비록 저 아래에서 내 마음을 격동시키는 어떤 일이 있더라도 이 장소가 주는 깊은 물 속과 같은 평정을 방해하지는 못했다.

그렇게 앉아서 조용히 기도를 하고 있으면 맑게 갠 마음 속으로 내 자신이 해야 할 일과 할 말들이 저절로 떠오르고는 했다. 몇 년 동안 온 섬이 들고 나선 일의 맨 앞자리에 서서 굳건하게 끌고 나갈 수 있었던 힘도, 그 뿌리는 이 장소에서 매일 하늘과 땅에 올리는 기도와 맥이 닿아 있다는 것을 나는 잘 알고 있었다.

나는 평소처럼 자세를 바로잡고 앉아 눈을 감고 마음을 모으려고 했다. 가슴에서 소용돌이치는 생각과 소음들이 조용히 가라앉기를 기다려 오늘 밤 해야 할 일과 말들을 생각해 보려는 것이다. 잦아지기 시작하는 풀벌레 소리 너머로 바다가 크고 깊은 숨을 쉬는 소리가 밀려들었다. 바다의 숨소리, 특히 이렇게 달빛이 하늘과 땅에 가득 흘러넘치는 밤에 들려오는 바다의 크고 깊은 숨소리는 더없이 평화로운 느낌을 준다. 세상 모든 것들이 그 속에 아늑하게 몸을 담그고 하나가 될 수 있을 것 같은.

그러나 나는 가슴 저 안쪽을 날카로운 조개껍데기 같은 것이 긋고 지나가는 느낌으로 눈을 번쩍 뜨고 말았다. 반사적으로 왼쪽으로 고개를 돌렸고, 눈을 찌르고 들어오는 불빛으로 나는 다시 가슴의 통증을 심하게 느꼈다. 칼날의 섬광 같은 날카로운 빛을 사방으로 붉게 내쏘는 그 불들은 나흘 전 들어와서 계속 머물고 있는 이방인들의 배 세 척이 밝히고 있는 것이었다. 섬의 남서쪽 옆구리 부분에 머물고 있는 그 배들은 일렁거리는 바다의 물결에 따라 흔들리는 불빛을 섬 안쪽으로 쏘아보내고 있었다. 불빛에 찔린 가슴의 통증 한가운데로 어둠을 뚫은 기억이 화살처럼 날아와 박혔다.

귀를 붙잡혀 허공에 들린 토끼처럼 이방인들의 어깨에서 버둥거리던 소녀. 내 이름을 목이 찢어져라 외치던 절박한 비명 소리. 이방인들의 막대기에서 뿜어져 나와 내 허벅지를 찢고 지나간 번갯불. 풀밭에 쓰러진 내 동공을 가득 채우던 그녀의 마지막 모습. 풀 냄새와 함께 코에 훅 달려들던 지독한 피비린내.

나는 배에서 시선을 거두며 애써 그 기억을 밀어냈다. 그러나 기억은 밀려나지 않고 도리어 어지러운 외침과 소란을 불러 냈다. 사흘 전 저녁 무렵, 이방인의 배들이 들어왔을 때의 느닷없는 외침과 소란은 이 섬에서는 정말 오랜만에 생긴 일이었다.

그 때, 나는 일과대로 그 날의 작업을 끝낸 동굴들의 상태를 점검하는 중이었다. 섬 안쪽의 암초 절벽 위에 뚫린 크고 작은 수많은 화산 동굴들은 이제 상당수가 사람들이 거처할 수 있는 꼴을 갖추어 가고 있었다. 거대한 석상(石像)들을 눕히는 작업과 마찬가지로 두 해만 더 매달리면 충분히 끝낼 수 있을 것 같았다.

남은 두어 개의 동굴을 마저 살피려고 동굴 입구를 나서는데 산 중턱을 허겁지겁 올라오는 사람이 있었다. 내 밑에서 사제 수련을 받고 있는 '빠른 발'이었다. '빠른 발'이라는 이름답게 누구 못지않게 걸음이 빠르다고는 해도 그의 발걸음에는 평상시에 볼 수 없던 다급함이 실려 있었다. 나는 동굴 입구에 멈춰 서서 '빠른 발'이 가까이 오기를 기다렸다.

내 앞에서 황급히 무릎을 꿇은 '빠른 발'은 얼마나 당황했던지 보고할 때 으레 앞에 붙이는 존칭까지 빼먹었다.

"배, 배가 들어왔습니다!"

"배?"

"엄청나게 큰 배가, 세 척이나 우리 섬 옆구리로······."

"배라고?"

"그렇습니다, 노래하는 분[5]이시여. 검은 배입니다."

사태는 명백한 것 같았다. 나는 꺾이려는 무릎에 힘을 주며 입술을 꾹 깨물었다. 혼자라면 주저앉을 수도 있는 충격이었지만, 제자에게 그런 모습을 보일 수는 없었다. 어떤 사태에서도 당황하지 않는 것이 지도자의 첫째가는 덕목이다. 절벽을 오르고 거센 파도를 헤치는 어려운 시험을 몇 차례나 치르게 하는 것도 그 때문임을 누구보다 잘 알고 있었다. 나는 목소리를 가다듬고 말했다.

"알았다. 곧 갈 테니 먼저 가서 전해라. 놀라지 말고 배에 절대 가까이 가서는 안 된다고 말이다."

예상대로 배는 이방인의 것이었다. 나무와 풀줄기로 만든 섬의 작고 날렵한 배와는 비교도 되지 않게 큰 배였다. 바다에

---

5) 언어학자의 기록에 의하면, '그'의 이름은 '큰 목소리(Big Voice)'다. 그리고 '노래하는 분(Song Man)'은 그 섬의 족장이나 각 부족의 대표자에 대한 존칭이다. 그러니까 앞의 이름이 고유 명사라면 뒤의 이름은 보통 명사라고 할 수 있다. 한 가지 덧붙이자면, '노래하는 분'을 지금의 가수처럼 생각하면 오해다. 여기서 말하는 '노래하는 분'은 부족을 대표해 기도를 올리거나 부족 서사시를 구송(口誦)하는 사제 및 부족장을 의미하기 때문이다.

우뚝 솟은 어마어마한 몸체의 이방인 배가 '숨쉬는 심장'의 옆구리에 머리를 들이밀고 들어와 있었다. 그 곳은 물이 깊고, 넓게 펼쳐진 낮은 언덕이 만곡(彎曲)을 만들어 큰 배도 서너 척은 닻을 내릴 수 있는 곳이었다.

배가 멀찍이 보이는 곳에 섬 부족민들이 따뜻한 물에 몰린 고기 떼처럼 모여 있었다. 배에 가까이 가지 않은 것은 내 지시도 있었지만, 두려움 때문이기도 할 것이다. 여섯 구역 중 나를 뺀 나머지 다섯 구역의 대표자들도 모두 나와 있었다. 이미 날이 어두워지기 시작해서인지, 배에서는 아무런 움직임이 없었다.

나는 사람들 앞에 나섰다.

"자, 모두 집으로 돌아가시오. 대표자들이 상의해서 어떻게 할 것인지 정할 것이오. 누구도 대표자들의 합의가 있기 전에 저 배에 접근해서는 안 되며 저들과 접촉해서도 안 될 것이오."

그 날 밤 긴급히 여섯 구역의 대표자들이 섬 남쪽 '큰고래 산' 등성이의 '따뜻한 배꼽'에 모여 회의를 열었다. 물론 회의는 내가 주재했다. 대표자들은 머리를 맞대고 다음 날로 넘어가는 시각까지 논의를 했지만 별 뾰족한 수가 없었다. 날이 밝아 조용히 돌아가거나, 그들의 요구 사항이 물이나 약간의 식량처럼 어렵지 않게 조달할 수 있는 것이기를 바랄 수밖에 없었다.

할아버지가 어렸을 때, 그러니까 100여 년 전부터 나타나기 시작한 이방인들의 검은 배는 대략 10여 년에서 20여 년의 간격을 두고 일곱 차례나 섬에 들어왔는데, 배에 탄 자들의 행동이 똑같지는 않았다. 처음과 두 번째는 물이나 양식을 얻고 그들이 가져온 몇 가지 물건을 주고 가는 정도였다.

그들이 남긴 물건들로 섬 주민들의 호기심은 부풀었고, 세 번째는 그 호기심으로 큰 화를 입고 말았다. 배로 달려간 섬 주민들이 그들의 물건에 보인 지나친 호기심을 그들은 위협으로 받아들인 것 같았다. 예상하지도 못한 충돌이 갑자기 발생했다. 맨손이었던 주민들은 그들의 총과 칼에 다섯이 죽고 일곱이 다치고 말았다. 이 충돌은 주민들에게 경계심을 심어 주어 네 번째의 배가 들어왔을 때는 대부분의 주민들이 섬 안쪽의 큰고래 산으로 도망했다. 호기심이 강한 몇몇은 상황에 따라 도망할 수 있는 거리까지 접근했는데, 배들은 처음과 두 번째에 그랬던 것처럼 상당히 많은 물건들을 내려놓고는 채 이틀을 넘기지 않고 돌아갔다. 다행이었다.

그러나 다섯 번째로 온 두 척의 이방인 배가 섬에 입힌 상처는 깊고 날카로웠다. 그 상처는 네 번째의 배가 남기고 간, 신기하다고 할 수밖에 없는 거울이나 아주 편리한 가위와 알록달

록한 천 등이 주민들의 경계심을 해제시킨 탓이었다.

이번에는 상당수의 사람들, 특히 호기심을 억제하기 어려운 아이들이나 젊은이들이 가까이 다가갔고, 갑자기 사람 사냥이 시작되었던 것이다. 그것은 오랜 항해로 욕정을 참지 못한 자들이 여자들만을 노린 것이었다. 25년 전이었다. 나는 배 가까이 간 소년 소녀들 중의 하나였다. 그리고 거기에 그녀도 있었다.

다섯 번째의 쓰라린 경험으로 11년 전 여섯 번째 배가 왔을 때는 주민들이 산으로 도망했고, 배도 그 다음 날로 떠나서 아무 문제가 없었다. 역시 그냥 떠난 이전의 다른 배들이 그랬듯이, 여섯 번째 배도 여러 가지 물건들을 해안에 남겨 놓고 떠났다.

그리고 이번이 일곱 번째였다.

2장

　이방인들의 배에 대한 어지러운 생각에 빠져 있어서였을까.
이 자리에 앉아 있으면 마음이 텅 빈 듯 넓게 열려 멀고 가까운
소리들을 뚜렷하게 감지할 수 있는데도, 나는 발소리가 가까워
질 때까지 눈치채지 못하고 있었다. 작은 기침 소리에 뒤를 돌
아보니 아들 '큰 날개'가 몇 걸음 뒤에 서 있었다.

　"아버지."

　2년 전 내 곁을 떠난 아들은 '살찐 토끼' 구역 대표자의 제
자로 들어가 사제가 되기 위한 긴 수련을 받고 있는 중이다. 아
버지의 뒤를 잇기 위해 자식이 아버지를 떠나 수련과 시험을
이겨 내야 하는 것은 섬의 오랜 불문율이었다. 스승을 따라왔
을 아들이 나를 데리러 온 것을 보면 나머지 다섯 구역의 대표
자들이 다 모인 모양이었다. 나는 몇 달 사이에 키가 쑥 큰 아

들을 보며 다리를 풀고 일어섰다.

"그래, 가자."

등을 돌리는 아들을 따라 걸음을 옮기는데 배들의 불빛이 눈을 찌르듯 파고들었고 날카로운 통증이 어김없이 가슴을 긋고 지나갔다.

나는 직감으로 이번이 여느 때와 다르다는 것을 느끼고 있었다. 내가 내린 강력한 제지 때문에 주민들과의 접촉이 쉽지 않은데도 그들은 물러가지 않고 있었다. 벌써 나흘째였다.

더구나 그들은 다른 때와는 달리, 우리 섬사람들의 말을 어느 정도 할 수 있는 자(者)도 하나 데리고 왔다. 그 자가 어디에서 온 것인지는 정확하게 알 수 없었지만, 북서풍을 받고 보름 정도 동남쪽으로 흘러가면 나타난다는 바다 저쪽 섬들의 부족민 중 하나인 것 같았다. 그 자는 몸에 걸친 것이나 붉은 얼굴빛이 우리들과 비슷한 종족이었다. 그러니까 우리와 그 섬의 부족민들은 먼 조상 때 갈라져 나갔다고 짐작할 수 있다. 상당한 세월이 흘렀다고는 하나 아직도 말이 비슷하여 어렵지 않게 뜻이 통할 수 있는 것 같았다.

마음에 걸리는 것은 이 자만이 아니었다. 날마다 배 앞 해안에서는 이상하게 사람의 마음을 흔들어 놓는 악기 소리가 크게 울려 퍼졌고, 고기 굽는 냄새가 섬 안쪽까지 풍겨 왔다. 섬의 계율과 호기심 사이에서 갈등하다가 몰래 가까이 간 자들의 입에서 나온 것임에 틀림없는데, 해안의 풀밭에는 햇빛을 받아 찬란하게 빛나는 구슬들과 섬에서는 볼 수 없는 갖가지 기묘한 물건들, 그리고 화려한 빛깔의 옷감들이 널려 있다는 것이다. 그 모든 것들이 섬사람들을 집요하고 강하게 배 쪽으로 끌어당기고 있었다.

섬이라는 폐쇄된 상황 탓에 새로운 것에 유독 민감한 부족민들의 호기심은 이제 팽창할 대로 팽창한 상태였고, 이대로 두면 언제 밀물처럼 그들에게 달려갈지 모를 일이었다. 특히 25년 전의, 다섯 번째 배가 남긴 경험과 무관한 젊은이들은 그 특유의 충동적인 기질을 감안할 때 언제 돌발적인 행동을 취할지 알 수 없었다.

나는 새 해 첫날에 열리는 '대 구송회(大 □誦會)'를 내일 열자고 제안했다. 그것은 이 비상 사태에 직면하여 내가 취할 수 있는 최고이자 최후의 시도였다. 그리고 오늘 밤의 모임은 '대 구송회'를 앞두고 대표자들이 모여 상의하는 자리였다.

산등성이를 오르자 산 뒤쪽 해안이 눈앞에 열리면서 해안을 등지고 선 거대한 석상(石像)들이 허공을 찌르고 우뚝우뚝 서 있는 모양이 눈에 들어왔다. 줄지어 서 있는 석상들은 큰 야자나무의 키보다 더 커 아래에서는 고개를 뒤로 젖혀야 석상의 얼굴이 보일 정도였다.

나는 잠시 멈춰 서서 달빛을 받아 거무스레한 형체로 해안을 따라 줄지어 선 석상들을 쳐다보았다. 석상들을 볼 때마다 느끼는, 등덜미를 타고 흐르는 싸늘한 공포로 흠칫 몸이 떨렸다. 철이 들 무렵 처음 석상을 올려다보며 느꼈던, 온몸을 덮쳐오는 듯한 그 공포는 오랜 시간이 흘러도 사라지지 않았다. 긴 세월 동안 섬을 짓누르고 부족민들의 마음 속에 깊고 질긴 뿌리를 내린 기억 때문이리라.

해안을 따라 줄지어 서 있는 거대한 석상들 옆에는, 땅 빛깔과 뒤섞여 잘 보이지 않지만, 바닥에 누워 있는 석상들도 많이 있을 것이다. 우리 계획대로 진행되기만 한다면 동굴을 정비하는 것과 거의 동시에, 우뚝우뚝 하늘을 찌르고 선 저 석상들도 이제 땅에 등을 대고 편안히 누워 휴식을 취할 수 있다. 그러나 석상들을 다 눕히기 전에 이방인의 배가 들어오고 만 것이다.

나는 아들이 돌아서서 바라보는 것도 의식하지 못한 채 깊은 한숨을 내쉬었다.

큰고래 산에서 가장 큰 동굴인 '따뜻한 배꼽'에는 다섯 구역의 대표들이 자신들의 제자들을 데리고 와 나를 기다리고 있었다. 내 제자인 '빠른 발'은 미리 와서 사제들을 맞고 있으라고 일러둔 대로 동굴 안쪽에 서서 기다리고 있었다.

사제에게 지목되어 제자가 된 청년은 사제가 참여하는 행사에 항상 스승의 뒤를 따라다니며 기도와 구송을 암기하고, 서판(書板)을 읽고 문자를 쓰는 법을 익혀야 한다. 짧게는 10여 년 길게는 20여 년이 넘는 세월 동안 그런 수련을 거쳐야 사제가 될 수 있다. 사제들은 각자 제자들을 데리고 있지만, 승계가 수직적인 것은 아니다. 여섯 명의 사제 중 건강이나 죽음으로 빈자리가 생기면, 여섯 명의 제자 중 가장 오래 수련을 한 자가 그동안의 수련에 대한 최종 시험을 거쳐 그 자리를 메우게 되는 것이다.

사제들이 가운데 둥그렇게 둘러앉고 제자들이 스승의 뒤쪽으로 물러나 섰다. 한가운데 놓인 바위의 우묵하게 파인 곳에 채워진 기름 위로 불꽃이 너울너울 춤을 추며 주변을 둥글게 밝히고 있었다. 열두 명이 두 겹으로 앉고 서 있는데도 암벽이 뒤로 멀찍하게 물러나 있을 정도로 동굴은 넓었다.

내가 계획한 동굴 정비가 제대로 끝나면 섬에 위기가 닥쳤을 때, 여섯 구역의 주민들이 모두 '큰고래 산'의 동굴들로 피할 수 있을 것이다. 그 때 이 동굴은 지금처럼 사제들의 집합 장소로 쓸 생각이었다.

둘러앉은 우리 사제들은 눈을 감고 소리를 모아 태양과 달, 바다와 대지의 신에게 감사의 기도를 올렸다. 낮은 가락의 기도 소리는 풀숲을 지나는 바람 소리처럼 동굴 안을 휘돌아 울리고는 입구로 빠져 나갔다.

내가 감은 눈을 뜨고 입을 열었다.

"대 구송회 전날 밤 항상 사제들의 모임이 있다는 것은 잘 아실 것이오. 이번 대 구송회는 전례에는 없지만, 위대한 정령들께 드리는 기도는 같아야 한다고 판단하여 모이시라고 했소. 또 내일의 대 구송회가 잘 끝나려면 모든 사람들이 참여하여 끝날 때까지 우리의 노래를 들을 수 있도록 해야 할 것이오. 그러기 위해 우리들의 마음을 모아야 할 것이라는 생각이오."

새해 첫날에 치르는 관례적인 대 구송회와 달리 내일 모임은 부족민들에게 낯선 경험이다. 관례적인 행사에서 부족민들은 성소(聖所)의 중앙 회당(會堂)에 자연스레 몰려와 원을 그리고 앉아서 몇 시간이고 참여했지만, 내일도 그러리란 보장은 없었다. 그렇다고 참여하지 않는 사람들을 빌줄 규율도 없다.

섬 부족민들의 행동을 규제하는 것은 족장의 정치력과 사제의 권위이지 강제적인 것이 아니다. 그것은 긴 세월 동안의 투쟁과 갈등을 끝내고 섬 부족이 하나로 통합된 뒤, 아주 오랫동안 지켜져 온 불문율이었다. 내일의 대 구송회가 성공하려면 무엇보다도 모든 부족민들이 참여해 흔들림 없이 자리를 지켜야 한다.

"의견들을 말씀해 보시오."

나는 고개를 천천히 돌려 사제들의 얼굴을 보았다. 사제들은 저마다 생각에 잠긴 듯 말이 없었다. 사제들도 내일의 대 구송회를 다른 관례적인 대 구송회처럼 생각해서는 안 된다는 것을 잘 알고 있을 것이다.

감시하는 눈을 피해 이방인들과 접촉하고 그들이 나눠 주는 물건을 받는 부족민들이 있다는 것, 우리 부족민들과 의사소통을 할 수 있는 이방인과 함께 온 자가 몇 구역을 밤에 은밀히 돌며 이방인들의 혀(舌) 구실을 하고 있다는 사실은 섬의 공공연한 비밀이었다.

마음의 갈피를 잡지 못하는 부족민들이 이미 많이 생겼다고 보아야 한다. 하지만 성소의 대 구송회에서 부족민들이 이탈하는 일이 생긴다면 걷잡을 수 없는 사태로 번질 수 있었다. 다른 선택의 여지가 없어 결론을 내렸지만, 내가 내일의 대 구송회 개최를 지난 이틀 동안 망설이고 망설인 것은 바로 그 때문이었다.

불꽃만 파문과 같은 명암을 벽으로 너울너울 밀어 보낼 뿐, 모두들 무거운 분위기에 싸여 조용했다. 정적을 깬 것은 아들이 스승으로 모시고 있는, 야생 토끼가 많아 '살찐 토끼' 구역으로 불리는 곳의 사제 '높은 바람'이었다.

"그런데 이 말을 들으셨소이까?"

나는 누구에게랄 것도 없이 좌중을 둘러보며 묻는 '높은 바람'의 얼굴로 시선을 돌렸다.

"무슨 말을 이르는 것이오?"

"저들이 내일 우리를 초청했다는 소식 말이오."

"그게 무슨 말이오?"

나로서는 처음 듣는 말이었다. '높은 바람'은 말을 이었다.

"해가 하늘 한가운데로 올라왔을 때 배들이 들어와 있는 바닷가 앞 들판으로 와 달라는 것이오. 남자들만 와서 같이 식사를 하자고 했다 하오. 여자와 노인, 어린 아이들은 이번에 오지 말라고 했다는 것이오. 자기들은 우리와 친교를 맺고 싶지만, 우리가 의심하고 있는 것 같기에 조심스럽다는 거요. 무슨 일이 있더라도, 배에서 어느 정도 떨어진 들판이니까 남자들은 도망가면 그만 아닌가, 그러니까 의심하지 말고 초청에 응하라, 그런 뜻인 것 같았소."

'높은 바람'의 말을 들으며 나는 가슴 한 쪽이 찬바람 도는 동굴처럼 휑하니 비어 버리는 듯한 느낌을 받았다. 이렇게 중요한 일을 내가 모르고 있다는 사실은, 소리 없이 배 밑바닥으로 물이 스며드는 것처럼 섬 주민들의 결속에 어딘가 구멍이

났다는 증거였다.

　나는 섬의 정치적인 지도자인 족장일 뿐 아니라 사제이기도
하므로 자연스레 사제 회의를 주재할 수 있다. 기다리기만 해
도 아버지에게 물려받을 수 있는 족장의 지위에 머물지 않고,
길고 혹독한 사제 수련의 과정을 자청한 것은 바로 그 때문이
었다.

　오래 전부터 섬의 실질적인 권한은 사제 회의에 있었고, 족
장은 상징적인 존재일 뿐이었다. 나는 꼭 해내야 할 일이 있었
고, 그러려면 상징적인 권위에 실질적인 권한까지 갖춰야 했
다. 결국 뜻대로, 나는 족장의 지위를 계승한 채로 사제의 자리
에 오를 수 있었고, 자연스럽게 사제 회의의 주재자가 되었다.
이렇게 해서 나는 섬의 족장이자 사제 회의의 주재자로서 섬
부족민들의 마음을 하나로 모아 왔다고 믿었다. 그런데 내가
모르는 사이에 섬의 운명에 중대한 영향을 미칠 수 있는 사태
가 진행되어 온 것이다.

　"그 말은 어디에서 들으셨소?"

　나는 '높은 바람'에게 물으며 그 뒤에 앉은 아들에게 눈길
을 보냈다. 녀석이 슬며시 시선을 돌리는 것으로 보아 이미 알
고 있었던 것 같았다. 그뿐만이 아니라 '높은 바람'의 옆에 앉
은 '거북등' 구역의 '큰 주먹'과 그의 제자도 알고 있는 눈치

였다. 다른 사제나 제자들과 달리 이들은 '높은 바람'의 말에 전혀 놀라지 않았던 것이다.

두 구역의 공통점은, 이방인의 배가 매번 닻을 내리는, 섬의 남서쪽 해안 가까이에 있다는 점이었다. 그 동안 몇 차례 이방인의 배에서 풀린 물건들이 가장 많이 발견되는 구역도 바로 그 두 곳이었다. 이번 이방인 배들도 그 두 구역의 한가운데에 들어와 있었다.

나는 가슴을 답답하게 치밀어 오르는 덩어리를 애써 누르며 다시 물었다.

"그 이방인을 따라온, 우리들의 말을 할 줄 안다는 자가 전한 것이오?"

'높은 바람'이 고개를 끄덕였다.

"우리가 만나 주지 않으니까 젊은이들에게 그런 말들을 전하고 간 것 같소."

사정을 짐작할 만했다. 그들에게 호의적인 두 구역, 그것도 호기심으로 한껏 달아올라 있는 젊은이들에게 접근했을 것이다. 그들의 동요가 어느 정도인지는 정확하게 가늠할 수 없지만, 생각보다 상황이 더 어렵게 돌아갈 수도 있다는 판단이 들었다. 해가 하늘의 중간에 올 때라면 성소에서의 대 구송회가 마무리되어 가는 시각과 거의 일치한다. 그들이 펼쳐 놓은 들판의 식사 자리, 그 강렬한 냄새와 요란한 악기 소리가 주민들의 마음을 흔들기 시작하면 대 구송회 자체가 흐트러지는 사태가 올 수 있다. 그런 일은 무슨 수가 있어도 막아야 한다.

나는, 내 자신에게 지금과 같은 이름을 안겨 준, 동굴 안을 울리는 큰 목소리로 말하기 시작했다.

"그들의 그런 유혹에 흔들려서는 절대 안 될 것이오. 내일, 우리 섬이 오랫동안의 어둠을 거쳐 빛을 찾은 조상들의 노래를 구송하는 회합이 끝나면, 곧 다섯 구역의 사제들은 주민들을 이끌고 큰고래 산으로 올라가야 하오. 동굴이 아직 다 정비되지 못했고 양식도 충분치 않지만, 며칠은 지낼 수 있을 것이오."

사제들은 고개를 끄덕여 내 의견에 동의를 표시했지만, 뒤에 앉은 제자들 중에는 눈에 띄게 얼굴에 불만이 드러나는 자들이 있었다. 그 중에는 아들 녀석도 끼여 있었다. 나는 다시 돌멩이처럼 가슴팍으로 치밀어 오르는 덩어리를 누르며 말을 이었다.

"이게 얼마나 중요한 문제인지는 여러 사제들이 잘 아실 것이오. 우리 부족에 전해 오는 오랜 말씀 중 하나는 '잔잔한 물결에 배를 띄우라'는 것이오. 저들이 잔잔한 물결이면 얼마나 좋겠소만, 우리는 저들의 뜻을 알 수가 없소. 그리고 저들은 마음만 먹으면 도저히 우리가 감당할 수 없는 무서운 파도로 우리를 덮칠 수 있소. 우리 섬의 역사가 그걸 잘 보여 주고 있지 않소. 우리에게 오는 물결이 정말로 잔잔한 것이라고 믿을 수 있을 때까지, 우리는 배를 띄우지 말고 조용히 있어야 할 것이오.”

내 말이 끝나자, ‘거북등’ 구역의 ‘큰 주먹’이 무거운 목소리로 입을 열었다.

“우리가 큰고래 산에서 며칠을 버티더라도 저들이 물러가지 않으면 어떻게 할 것이오?”

‘거북등’의 질문은 상처로 입을 벌린 살(肉) 속에 소금물이 들어오는 것과 같은 느낌을 주었다. 그것은 내일 대 구송회 뒤 ‘큰고래 산’으로 피하는 것을 결정한 이후로 내 머릿속에 가시처럼 박혀 있는 문제였다. 사실 며칠을 버티고 난 뒤에도 그들은 물러가지 않고, 어쩔 수 없이 부족민들이 산에서 내려오는 상황이 된다면 이는 더 위험할 수 있었다. 그 때는 더 이상 통제가 불가능할 것이고, 그 뒤의 사태는 예측하기도 어려운 것이었다. 그러나 지금 그 문제로 사람들의 마음을 혼란스럽게 할 수는 없었다.

나는 다시 목소리에 힘을 실었다.

“저들도 한없이 기다릴 수는 없을 것이오. 우리가 일체 접촉을 끊는다면 스스로 물러가리라 믿소. 지금으로서는 내일의 대 구송회가 잘 이루어지고, 그 단합된 마음으로 모든 주민들이 큰고래 산으로 결집하는 것이 시급하고 중요한 문제라 생각하오."

내 말이 끝나자 사제들은 모두들 고개를 끄덕였다. 나는 손바닥을 하늘로 향하게 해 두 손을 내밀며 말했다.

"자, 모두들 뜻을 하나로 모읍시다."

사제들도 나를 따라 두 손을 내밀어 손바닥을 하늘로 향하게 했다. 열두 개의 손바닥이 둥글게 원을 그린 후 우리들은 천천히 손바닥을 하늘로 들어올리고 입을 모아 소리쳤다.

"위대한 정령이시여, 우리의 마음을 하나로 올리나이다."

세 번 반복되는 복창이 동굴 안을 우렁우렁 울렸다. 여섯 구역의 사제가 한마음이 되었음을 신에게 보고 드리고 축복을 기원하는 이 절차로, 이제 대 구송회와 그 이후 '큰고래 산' 동굴로의 소개(疏開)는 결정이 되었다.

나는 사제들의 뒤에 있는 제자들을 둘러보았다.

"그대들은 내일 대 구송회 때 특별히 마음을 써야 할 것이다. 도중에 동요를 하거나 혹시라도 이탈하는 사람들이 있을지 모르니 그대들을 도울 수 있는 친구들과 함께 우리의 원이 무너지지 않도록 해야 할 것이다."

대 구송회는 중앙 광장의 회당 안 성소를 구심점으로 해 둥 글게 수십 개의 동심원을 만들고 둘러앉아 진행된다. 노약자와 그들을 돌보는 사람을 뺀 섬의 모든 주민들이 만드는 이 동심 원만 끝까지 유지할 수 있으면 일단은 성공이다.

내 시선과 마주친 제자들은 당황한 표정으로 머리를 숙였 다. 이들의 마음 속에도 며칠 동안 밤낮으로 섬을 떠돈 이방인 들의 악기 소리와 고기 냄새가 깊숙이 스며들었을 것이다. 배 가 들어온 해안 앞 들판에 펼쳐져 있다는 온갖 신기한 물건들 의 집요한 유혹도 뿌리치기 어려울 것이다. 하지만 지금으로서 는 개인적인 호기심보다는 사제의 뒤를 이을 책임감을 더 무겁 게 받아들여 줄 것을 믿는 수밖에 없었다.

동굴 가운데의 불을 돌판으로 덮어 끄는 것으로 회합은 끝 이 났다. 사제들이 동굴 밖으로 나서고 제자들도 따라 나왔다. 밤은 이미 깊었지만, 아직 산등성이를 넘어가지 않은 달빛으로 주변은 어둡지 않았다. 나는 동굴 앞에서 사제들을 하나하나 껴안고 코와 이마를 맞대고 안녕을 비는 작별 인사를 했다. 사 제들과 제자들이 떠나기 시작했을 때, 나는 뒤에 서 있는 제자 '빠른 발'을 돌아보며 말했다.

"난 조금 있다 갈 테니 너도 먼저 내려가거라."

'빠른 발'이 깊숙이 고개를 숙이고 내려가는 것을 보다가 나는 다른 사람들과의 인사가 끝나기를 기다리며 옆으로 몇 걸음 비켜 서 있는 아들에게 고개를 돌렸다.

"너도 오늘 밤에는 가야겠지."

다른 때 같으면 오랜만에 온 집이니 하룻밤 자고 갈 수도 있지만, 오늘은 그럴 수 없다는 것을 우리 두 사람 다 잘 알고 있다.

"그럴 겁니다."

아들이 뚜벅 대답했다.

"너희 구역에 그 자들의 말이 많이 떠도는 것 같더구나."

"......"

"조심해야 한다. 그 자들의 말은 무서운 독이 될 수가 있다."

아들은 아무 말 없이 바다 쪽으로 시선을 돌렸다. 태풍 전의 흐린 물빛 같은 검뿌연 어둠 속에서도 아들의 어깨와 옆얼굴이 완강하게 내 말을 밀어내고 있다는 것을 느낄 수 있었다. 다시 가슴을 답답하게 메우는 덩어리가 치밀어 오르는 것을 느꼈지만 어쩔 수 없었다. 이유가 없어도 아버지의 그늘을 밀어내고 싶은 것이 아들 나이의 심사일 것이다. 나 자신도 그랬으니까. 그리고 아들 녀석은 저 이방인의 배가 보내는 유혹에 가장 약할 나이가 아닌가. 귀는 이미 저쪽의 음악 소리에 열려 있고,

상대적으로 이쪽으로는 닫혀 있을 것이다. 아무리 잘 설득하는 혀라도 닫힌 귀를 열 수는 없지 않은가.

나는 아들 옆으로 걸어가 등에 두 손을 얹고 가볍게 껴안아 행운을 빌어 준 뒤 눈을 들여다보며 말했다.

"아버지와 아들로서 우리가 할 이야기는 다음 기회에 얼마든지 있을 것 같구나. 지금은 이 섬의 안녕을 책임지는 사제요, 족장으로서 말하는 것이다. 내일은 네 임무에 충실하거라."

"……."

"자, 이제 가거라."

"물러가겠습니다."

아들은 한 쪽 무릎을 땅에 대 사제에게 하는 예의를 갖춘 뒤 일어서서 등을 돌렸다. 멀어지는 아들의 등을 보자, 갑자기 오늘 밤은 자신의 옆에 재우고 싶은 부정(父情)이 강렬하게 머리를 쳐들었다. '큰 날개야!' 나는 입 속으로 나직하게 아들의 이름을 불러 보았다. 내 부름을 뿌리치듯, 구릉을 넘어간 아들의 등이 물에 쑥 잠기듯 사라져 버렸다.

3장

아들의 마음을 이해할 수 없는 것은 아니다. 25년 전 아들의 나이와 비슷했을 때 나 자신도 그랬으니까. 그 때도 섬 옆구리에 두 척의 이방인 배가 들어왔고, 섬은 10여 년 전에 보고 다시 보는 배들로 꼬리를 밟힌 토끼 꼴이 되었다. 몇십 년 전 충돌의 기억이 있는 연장자들은 일단 강한 경계심을 나타냈다. 그러나 10여 년 전 이방인의 배들이 바닷가에 남겨 놓고 떠난 신기한 물건들을 본 기억밖에 없는 부족민들은 하나둘 배에 가까이 접근하기 시작했다.

첫날을 조용히 지낸 이방인들은 둘째 날 금속 도구, 손수건, 모자, 옷 등의 물건들을 내놓고 물과 식량을 요구했다. 섬에서는 샘을 열어 주고 토끼 서른 마리와 야자열매, 고구마, 얌, 바나나, 사탕수수 등을 정도껏 주었다. 그렇게 교환을 끝낸 배는 셋째 날 닻을 걷어 올리고 돛을 활짝 펴 떠나려는 것 같았다.

나는 그 때 보랏빛 산호꽃이 흐드러지게 핀 산자락을 '흐르는 시냇물'과 뛰어다니고 있었다. 우리가 바닷가로 달려간 것은 배에서 갑자기 울려 퍼진 악기 소리 때문이었다. 피리나 북 같은 섬의 악기로는 도저히 흉내도 낼 수 없는 이방인들의 악기 소리는, 어디에서 들어도 갑자기 걸음을 멈추고 귀를 세우게 하는 묘한 힘이 있었다.

악기 소리를 들은 나는 아마 배가 떠나려나 보다고 생각했고, 떠나는 것을 구경하자며 '흐르는 시냇물'의 손을 잡아끌었다. 우리들은 한껏 물기를 머금어 싱싱한 초록으로 빛나는 풀밭을 헤치며 구릉을 넘어 달렸다. 바람에 나부끼는 그녀의 부드러운 머리카락이 손가락 사이를 흐르는 봄 물살처럼 내 뺨을 간질였다. 맞잡은 그녀의 손에서 느껴지는 따뜻한 살결의 감촉으로 내 마음은 바람에 춤추는 파도처럼 날아오르고 있었다.

바닷가에는 우리처럼 달려온 사람들이 꽤 많았다. 주로 활짝 갠 날씨를 맞아 짝을 지어 꽃이 만발한 들판으로 달려나온 젊은이들이었다. 배 두 척은 이미 머리를 바다로 돌리고 있었고, 악기 소리는 배 위에 서 있는 이방인들에게서 나오고 있었다. 몇십 명의 이방인들은 마치 우리들을 기다리고 있었던 듯 바닷가 가까운 들판에 모여 서 있었는데, 섬사람들이 몰려오는 것을 보자 색색의 천 자락들을 흔들었다.

우리들은 선물을 주려는 것으로 받아들였고 별다른 의심 없이 그들에게 걸어갔다. 가까이 걸어갔을 때 그들 중 몇이 막대기를 하늘로 들어올렸고, 갑자기 그 막대기들이 천둥소리와 함께 불을 내뿜었다. 놀란 부족민들은 화살 맞은 토끼처럼 펄쩍 뛰어올랐다가 그 자리에 주저앉아 머리를 땅에 박았다. 나도 마찬가지였다. 그 소리를 듣는 순간 너무나 놀라서 그녀의 손을 놓고 땅에 머리를 박았다. 그렇게 넋을 놓고 있는 부족민들에게 이방인들이 우르르 달려들었다. 그들은 쥐구멍에 머리를 처박고 있는 놀란 토끼를 잡아채듯 여자들을 하나씩 낚아챘다. 그리고 끌거나 어깨에 메고 배로 가려고 했다.

처음에 부족민들은 갑자기 벌어진 상황에 너무나 놀라 눈앞에서 벌어지고 있는 일들을 이해할 수 없었다. 나도 마찬가지였는데, 한 이방인의 어깨에서 버둥거리며 내지르는 '흐르는 시냇물'의 비명 소리를 듣고서야 정신을 차릴 수 있었다.

'이방인들이 여자들을 끌고 가려는 것이다!'

나는 벌떡 일어나 목청껏 소리를 질렀다.

"여자들을 구해야 한다!"

그 순간, 자신이 족장인 아버지의 뒤를 이어 섬의 지도자가 될 사람이라는, 신분에서 오는 책임감을 느꼈다고는 할 수 없다. 오직 눈앞에서 잡혀가는 그녀, '흐르는 시냇물'을 구해야 한다는 생각뿐이었다. 나는 벌떡 일어나 달렸고, 내 목소리를 신호로 정신을 차린 부족민들이 우르르 달려나갔다. 넘어졌다 일어날 때 잡은 돌멩이를 들고 있는 사람도 있었다.

그 때였다. 다시 여러 개의 막대기에서 천둥소리가 나고 번갯불이 쏟아졌다. 나는 허벅지에 칼날을 맞은 것 같은 느낌과 함께 그대로 쓰러졌다. 나처럼 번갯불을 맞은 사람들이 여기저기에 쓰러졌고, 번갯불을 맞지 않은 부족민들도 쓰러진 사람들의 비명과 솟구치는 피에 놀라 모두들 주저앉고 말았다. 그 사이에 여자들은 배로 끌려갔다. 다른 부족민들이 몰려나왔을 때 이미 배는 돛에 바람을 가득 안고 섬을 떠나고 있었다.

그 날 번갯불에 맞아 죽은 사람이 둘, 나처럼 다친 사람이 일곱, 끌려간 여자는 여섯이었다. 끌려간 여자들은 다음 날부터 하나둘씩 사흘 동안 파도에 떠밀려 섬으로 돌아왔다. 수많은 이방인들이 한 여자 한 여자 욕심을 채우고 바다에 버린 것이다.

그 사건은 내 마음뿐만 아니라 내 삶의 방향을 돌려놓았다. 내가 아버지의 뒤를 이어 족장이 되는 것에 그치지 않고 사제가 되기로 한 것은 그 때의 충격 때문이었다.

나는 그 이후로 그 사건이 준 교훈을 두고두고 되씹어 왔다. 그들과 만났을 때 우리들의 운명은 이미 우리들의 것이 아닐 수 있다는 사실. 자신의 여자가 눈앞에서 잡혀가도 아무런 힘도 쓸 수 없을 정도로 무력하다는 사실. 천둥과 번갯불을 내뿜는 그들의 지팡이와 금속 칼 앞에서 우리들의 돌도끼나 돌화살 같은 것은 아무것도 아니라는 사실. 그들이 부드러운 물결이면 다행이고, 그들이 사나운 파도가 되기로 마음먹기만 하면 우리들은 나뭇잎처럼 뒤집혀 사라지고 말 거라는 사실을 말이다.

이방인들이 선의(善意)를 갖고 섬에 오고 그들과 친구로 지낼 수 있다면 얼마나 좋겠는가. 또 그들이 험한 물결로 오더라도 우리들이 그 물결을 다스릴 수 있는 능력이 있다면 얼마나 다행이겠는가.

나도 젊은이들 못지않게 두려움 없이 이방인들을 만날 수 있기를 바라고 있다. 앞으로 오랜 시간이 흐르면 그렇게 될 수도 있을 것이다. 아주 오랜 옛날 불을 내뿜었던 '큰고래 산'이 지금은 조용한 것처럼, 세상의 모든 것은 변하고야 마니까. 하지만 아직은 그 때가 아니다. 뱀의 혓바닥 같은 내 허벅지의 상처가 사라지지 않은 것처럼.

무거운 마음 탓일까, 주변이 더 어두워진 것 같은 느낌이 들었다. 그렇게 동굴 앞에 서 있었던 시간이 꽤 지난 것 같았다.

발걸음을 떼며 고개를 든 내 눈에 달이 들어왔다. 둥글게 부풀었던 달은 아래쪽이 산등성이에 깊숙이 베어 먹혀 있었다.

4장

　바다는 산월(産月)을 앞둔 임부(姙婦)의 배처럼 거대하게 부풀어 올라 있었다. 둥글게 팽창한 달은 고래의 윤기 있는 등처럼 일렁거리는 바다를 은빛으로 물들이고 있었다. 나는 바다가 한 눈에 들어오는 곳에서 가슴에 가득 들어차는 바다를 온몸으로 호흡하고 있었다. 내 몸이 은빛 물결로 가득 채워지는 것 같았다.

　그 때다. 갑자기 바다와 맞닿은 수평선이 검붉게 물들기 시작했다. 놀랄 사이도 없이 그 검붉은 빛은 바다와 하늘을 순식간에 채워 가기 시작했다. 그 검붉은 빛 사이로 검은 배 세 척이 나타났다. 가운데의 큰 배와 양쪽의 작은 배는 마치 화살촉 같았다. 가운데의 배는 칼날 같은 이물이 하늘을 찌를 듯 높이 솟은 어머어마하게 큰 배였다.

그것들은 빠른 속도로 섬을 향해 무섭게 미끄러져 왔다. 배들이 지나간 바다는 칼날이 긋고 지나간 것처럼 주욱 갈라지고 있었다. 갈라진 곳에서 선혈과 같은 피가 솟구쳤다. 바다는 순식간에 핏빛으로 물들고 말았다.

"아!"

나도 모르게 작은 탄식이 흘러나왔다. 핏빛의 바다에서 거대한 석상(石像)들이 솟아나고 있었다. 그것들은 머리에서부터 온통 피를 뒤집어쓰고 있었다. 석상들은 쏜살처럼 달려오는 배들을 따라 섬으로 몰려오고 있었다. 어느새 배들이 해안 가까이 밀려왔다. 석상들도 바짝 그 뒤를 따라 섬 가까이 다다랐다.

'모두 도망가야 한다!'

비명을 지르고 싶었지만, 입이 벌어지지 않았다. 나는 구릉을 구르듯 달려 내려왔다. 빨리 부족민들에게 알려야 한다. 달리면서 보니 부족민들이 집 밖으로 나와 해안으로 달려가고 있었다.

'안 되오, 피하시오! 나를 따르시오!'

역시 말은 입 밖으로 나오지 않는다.

나는 '큰고래 산'으로 달리면서 급하게 손짓했다. 손짓을 본 부족민들이 내 뒤를 따라 달리기 시작했다. 그러나 많은 부족민들은 아랑곳없이 해안으로 가고 있었다. 나는 달리면서 뒤

돌아보았다. 어느새 배는 해안에 닿았다. 피를 뒤집어쓴 거대한 석상들 역시 해안으로 올라오고 있었다. 달려간 부족민들은 손을 흔들어 그것들을 반겼다. 성큼성큼 바닷가로 올라온 석상들은 부족민들을 한 손으로 잡아 큰 입으로 꿀꺽꿀꺽 삼키고 있었다. 놀란 부족민들은 그제야 뒤돌아 도망치기 시작했다.

석상들은 쿵쿵 땅을 울리며 부족민들의 뒤를 따라왔다. 다시 뒤돌아보니 석상들의 어깨에는 이방인들이 올라타고 있었다. 부족민들은 앞장을 선 나를 따라 '큰고래 산'으로 달려 올라갔다. 동굴 속으로 숨을 작정이었다. 동굴 속으로 숨어 입구를 막기만 하면 침입자들도 못 찾을 것이었다. 우리들은 산 중턱부터 시작되는 동굴들 입구에 이르렀다.

아, 동굴의 입구가 막혀 있었다. 분명히 입구가 있어야 할 자리인데, 표면이 매끄러웠다. 우리들은 다시 산으로 오르기 시작했다. 그런데 다른 동굴들도 마찬가지였다. 모든 동굴의 입구가 조금의 틈도 없이 막혀 있었다. 마침내 산머리까지 쫓겨 올라갔다. 바위 거인들과 이방인들은 점점 우리들 가까이 몰려오고 있었다.

더 이상 도망갈 곳도 없다. 맞은편은 내려갈 수 없는 절벽이다. 저 까마득한 아래에서 바위 벽을 때리는 파도가 허연 물거품을 날리고 있다. 부족민들은 절벽 위에 몰려 서서 벌벌 떨고 있을 뿐이다.

모두들 두려움에 질려 족장인 나를 쳐다보지만, 나도 어쩔수 없다. 죽음에 대한 두려움보다 족장의 책임을 다하지 못한고통으로 가슴이 바위에 으깨어지는 듯하다. 입에서 피를 철철흘리는 석상들과 불을 뿜는 지팡이를 가진 이방인들이 다가오고 있다. 그들이 내뿜는 거친 숨소리가 들리는 듯하다. 이제 꼼짝없이 섬 부족민들 모두 그들에게 잡힐 수밖에 없는 것 같다.

그 때, 나는 내가 제비갈매기가 된 것을 발견한다. 그러고 보니 부족민들 모두 제비갈매기가 되어 있다. 이제 살았다는 안도의 한숨이 저절로 터져 나온다. 새라면 절벽이고 뭐고 문제가 되지 않는다. 건너편 바위섬으로 날아가 저들이 물러갈 때까지 피해 있으면 된다. 나는 부족민들을 둘러보았다. 나를 따라 날아오르라는 신호를 보냈다. 그러고는 힘껏 땅을 차고 날갯짓을 했다.

그러나 나는 그 자리에 떨어져 나뒹굴고 말았다. 날개가 없었다. 몸은 새가 되었지만, 날개가 없었다. 석상들과 이방인들이 엄청난 소리로 웃음을 터뜨렸다. 나는 미친 듯 몸부림치기시작했다.

"아아아-!"

비로소 막혀 있던 목이 터졌다.

내 비명 소리에 놀라 눈을 떴고, 내 얼굴 위에서 근심스럽게 내려다보고 있는 아내 '작은 길'의 눈동자를 보았다.

"좋지 않은 꿈을 꾸었군요."

아내가 내 이마의 땀을 닦았다. 아내의 손길이 서늘하게 느껴졌다.

"그렇소."

나는 윗몸을 일으켰다. 처마를 가린 야자나무 잎사귀가 새벽의 빛으로 어룽어룽 물들기 시작하고 있었다.

"너무 걱정을 해서 그럴 거예요."

"그런 것 같소."

나는 아내 옆자리에서 아직도 깊은 잠에 빠져 있는 막내딸 '가벼운 깃털'의 이마를 쓰다듬어 주고 일어났다. 여린 살갗의 촉촉하면서도 따스한 감촉이 손바닥에 부드럽게 스며들었다.

"아직 이른 시간이에요."

그녀도 몸을 일으키며 내 얼굴을 조심스럽게 쳐다보았다. 긴 세월이 지났어도 '흐르는 시냇물'이 내 가슴 속에 살아 있다는 것을 알고 있는 그녀는, 항상 내 마음 속 자신의 자리에 대해 불안해했다. 나를 만난 후로 마음 편한 적이 별로 없었을 그녀에게 이따금 미안하다는 말을 하고 싶었다.

지금이 그 순간이라는 생각이 들었다. 그러나 막상 나온 말은 다른 것이었다.

"서서히 준비를 해야 할 것 같소."

그녀도 노약자와 병자만 뺀 섬의 전 주민들이 모이는 오늘의 의식이 얼마나 중요한지 잘 알고 있을 것이다. 그녀는 말없이 잘 갈무리해 두었던 은회색 제례용 옷을 내놓았다.

"중앙 회당에서 만납시다."

나는 아마 의식이 시작되기 전에는 마지막 말이 될 말을 하고는 나뭇잎으로 엮어 만든 문을 밀었다. 해가 뜨면 제례를 주관하는 '노래하는 사람'은 제례의 구송을 시작하기 전까지는 일절 입을 열어서는 안 된다.

밖은, 아직 해는 떠오르지 않았지만, 수평선을 벌겋게 물들이고 있는 태양이 쏘아 올린 빛으로 뿌옇게 밝아오고 있었다. 나는 마을을 벗어나 들판 뒤의 산 중턱으로 올라갔다. 산에서 가장 차갑고 깨끗한 물이 고이는 '고래 눈물' 연못이 내가 가고 있는 곳이다.

연못에 도착한 나는 긴 겉옷을 벗어 조심스럽게 개켜 놓고, 속에 걸친 옷도 벗었다. 그리고 속이 환하게 들여다보일 정도로 맑은 물 속으로 들어갔다. 물 속에 들어가서 해가 떠오르는 쪽을 보고 자리를 잡고 앉았다. 뼛속까지 시원해지는 물이 턱밑까지 차올랐다.

5장

　드디어 해가 떠오르고 있었다. 수평선 저 끝에서 머리를 내민 태양이 눈부신 빛을 내뿜으며 둥글게 솟아오르고 있었다. 바다는 배를 뒤집으며 하얗게 부서졌고, 들판은 밝고 맑은 햇빛을 받아 짙푸른 초록으로 싱싱하게 살아나고 있었다.

　나는 둥근 태양의 따뜻한 빛으로 힘차게 숨을 쉬는 바다와 섬을, 하늘과 들판을, 새들과 나무들을 보면서 내가 그들을 사랑한다는 사실을 가슴 터질 듯 벅차게 느꼈다. 깊이 자맥질해 들어가면 어머니의 가슴에 안긴 듯 아늑해지는 바다. 구르는 돌멩이 하나까지 눈에 익은 이 섬. 표정만 봐도 마음이 들여다보이는 얼굴 붉은 사람들. 가을이면 쑥쑥 자라는 나무와 풀들. 여름이면 회갈색 털에 윤기가 도는 야생 토끼와 야생 닭들. 사랑하는 이 모든 것들을 위하여 내 자신이 할 수 있는 것이라면 무엇이든지 해야 하고, 또 간절하게 하고 싶었다.

나는 밖으로 나와 정성스럽게 머리에서부터 발끝까지 물기를 닦은 뒤 햇빛에 몸을 말리고 옷을 입었다. 천천히 걸어 중앙 회당까지 먼저 가서 사람들을 기다릴 생각이었다. 오늘과 같은 의식이 있는 날 '노래하는 사람'은 의식이 끝날 때까지 물 이외에 아무것도 먹어서는 안 된다. 우리가 마실 깨끗한 물은 제자들이 회당의 돌 항아리에 채워 놓을 것이다.

구릉을 넘은 내 시야가 오른쪽 바다를 향해 열리자 바닷가에 나란히 늘어선 거대한 석상들이 눈에 가득 들어왔다. 나는 발을 멈추고 숨을 후욱 들이마셨다. 달리다가 넘어져 돌에 찧었을 때처럼 가슴을 후려친 통증이 재빠른 독처럼 온몸으로 퍼졌다. 두 번의 가을만 더 있으면, 저 석상들이 편안히 누워 쉬게 할 수 있을 것이었다. 그러면 이 섬도 이방인들이 몰고 오는 무서운 파도를 피할 수 있을 것이다.

이방인들의 배를 불러들이는 것이 저 거대한 석상들이라는 것을 나는 잘 알고 있었다. 바닷가에 엄청난 높이로 서 있는 석상들은 먼 곳에서도 눈에 잘 띄었고, 근방을 지나는 배에게 뿌리치기 힘든 유혹의 대상이 되었다. 저 석상들만 아니라면 섬은 이방인들의 시선을 피해 평화로울 것이다.

조상들의 저주와 원한이 서린 석상은 섬의 해묵은 상처였고, 그 상처가 이방인들의 배를 불러들이는 셈이었다. 석상을 편히 눕혀야만 그 저주와 원한의 상처를 완전히 치유할 수 있을 것이었다. 내가 섬의 족장에 그치지 않고 사제의 지위를 함께 원한 것은 '큰고래 산'의 동굴들을 정비하는 일과 함께 저 석상들을 편안하게 눕히기 위해서였다.

그런 두 지위를 함께 얻어 낸 뒤, 끈질기게 부족민들을 설득하여 마침내 여섯 구역 모두의 동의를 얻어 낼 수 있었다. 그래서 동굴을 정비하고 석상을 눕히는 일을 동시에 시작했다.

동굴은 섬 부족민들 모두가 한꺼번에 들어갈 수 있을 정도의 공간을 확보하는 것이 우선이었다. 그리고 동굴과 동굴을 잇는 통로를 만드는 것도 필요한 일이었다. 유사시에 동굴 속에 들어가 입구를 막고서도 내부에서 교통할 수 있어야 서로 식량과 식수가 공급될 수 있다. 섬 전체의 주민들이 한 달 정도는 견딜 수 있는 식량과 식수를 저장하는 문제도 해결해야 했다. 나는 이방인이 들어와서 섬을 떠나지 않는 시간을 최대 한 달 정도로 계산했다.

석상을 눕히는 작업도 함께 진행되었다. 석상을 눕히는 일은 세우는 일과 정 반대의 순서가 되어야 했다. 물론, 석상을 세우는 공역(工役)을 아는 부족민은 아무도 없었다. 까마득히 오랜 전 조상 때의 일이니까. 우리들은 여러 번의 시험을 거쳐 석상을 손상 없이 눕히는 방법을 고안해 냈다.

　먼저 석상의 뒤쪽 밑을 파서 부스러지기 쉬운 자갈을 채운다. 그 다음 허리까지 흙을 쌓아올린 후 앞쪽 밑에 구멍을 파서 통나무를 끼운다. 그 통나무를 지렛대로 사용하여 석상을 뒤로 넘기기 시작한다. 석상이 서서히 넘어가면서 그 무게로 자갈이 부서지고 석상은 기울어지는데, 허리까지 찬 흙으로 인해서 비스듬히 기울어진 채 있게 된다. 다음은 서서히 뒤쪽의 흙을 긁어내면서 눕히면 된다.

　이제 두 번의 가을만 더 지나면 다 끝날 일이었다. 석상을 다 눕히고 나면 불을 뿜는 지팡이를 가진 이방인이 섬을 찾는 일은 일어나지 않을 것이었다. 설혹 물이나 식량을 위해 섬을 찾는 이방인이 있다고 하더라도, 부족민들은 '큰고래 산'의 동굴 속에 들어가 입구를 막고 있으면 될 일이었다. 족장인 나로서는 부족민들의 생명과 섬의 안전을 지키는 것이 무엇보다 중요한 일이고, 그러려면 지금은 그런 방법으로라도 섬을 덮쳐 오는 이방인들의 거센 파도를 피해야 했다.

　머릿속을 채운 어지러운 생각 때문인지 눈앞을 가로막는 석상들이 더 거대하게 하늘을 찌르고 솟아 있는 것 같았다. 새벽의 꿈이, 피를 뒤집어쓰고 주민들의 뒤를 쫓던 석상과 이방인들의 모습이 떠올랐다.

아직도 저 석상들에 맺힌 조상들의 저주와 원한이 끝나지 않았단 말인가. 그것을 풀어 내기 위해 해마다 부족민 모두가 모여 조상들의 '그 긴 이야기'를 노래하는 대 구송회를 열어왔지 않는가. 석상에 얽힌 조상들의 증오와 원한을 그렇게 풀어서 섬의 평화와 화합을 기원하지 않았는가.

오늘의 특별한 대 구송회 역시 그렇게 석상의 피를 씻어 내는 의식이요, 제례라고 할 수 있었다.

나는 중앙 회당이 있는 섬 남쪽의 들판으로 걸어가기 시작했다. 예상했던 대로 내가 중앙 회당에 가장 먼저 도착한 사람이었다.

한참이 지난 후에 제자 '빠른 발'이 뛰어오는 것이 보였다. 스승이 먼저 갔다는 사실을 알고서 허겁지겁 달려왔으리라. 이어서 각 구역의 사제들이 제자들을 데리고 도착하기 시작했다.

우리들은 말없이 손을 머리 위에 모으고 고개를 숙여 인사를 대신했다. 사제들이 야자나무 잎으로 지붕을 이은 회당의 성소 중앙에 둥그렇게 자리를 잡고 앉았다. 평상시에는 그 뒤에 제자들이 다시 둥그렇게 자리를 잡는 것이 순서였다. 그러나 오늘은 내 지시에 따라 제자들은 부족민들이 만드는 커다란 원 바깥에 서 있게 될 것이었다. 혹 있을지도 모르는 부족민들의 동요와 이탈에 대비하고자 함이었다.

부족민들이 사방에서 몰려들기 시작했다. 그들은 오는 순서대로 중앙의 사제들을 둘러싸고 둥그렇게 원을 그리며 앉았다. 원은 점점 커졌다. 마침내 나오지 못한 노약자와 병자, 그들을 돌보는 사람들을 뺀 섬 전체의 부족민들이 겹겹의 거대한 원을 만들어 둘러앉았다.

이제 의식이 시작되는, 그림자가 딱 자기 키만큼 줄어든 시간이 되었다.

내가 먼저 한 호흡이 끝날 때까지 구송을 하면, 나머지 다섯 사제가 내가 멈춘 부분까지 따라서 구송을 하게 된다(평상시라면 사제들의 뒤에 앉은 제자들은 낮은 목소리로 스승들과 합창한다). 그런 다음 우리들을 둘러싼 부족민들이 긴 호흡으로 바람 소리와 같은 구음(口音)을 한다. 그 구음이 우리들의 목소리를 하늘과 땅, 저 먼 바다까지 실어 나를 수 있다고 믿기 때문이다. 그런 방식으로 계속해서, 그림자가 발 밑으로 사라질 때까지 긴 이야기가 구송되는 것이다.

마침내, 나는 길게 숨을 들이쉰 입을 열고 우렁찬 목소리로 노래하기 시작했다.

6장[6]

우리는 이리 들었노라[7]

한 섬이 있었다.

거대한 바다 한가운데 화산의 용암이 굳어 만들어진 이 섬

---

[6] 이 6장부터 21장까지는 구송 형식으로 전승된 것으로 추정되는 일종의 부족 서사시다. 그 자체로 갈등과 투쟁의 역동적인 드라마라고 할 수 있는데, 세계 최대의 미스터리라고까지 불려지는 모아이가 만들어지고 세워지는 과정의 비밀을 보여 준다는 점에서 주목을 끈다 하겠다. 부족의 격동적인 역사만큼이나 풍부했을 구송의 내용은 기록자를 거치면서 간략한 상태로 나타날 수밖에 없었을 것이다. 그러므로 상상으로 재구성한 이 소설이 원래의 이야기에 근접할 수 있으리라는 추측도 가능할 것이다.

[7] 불경들의 머리에 붙어 있는 '나는 이렇게 들었다(如是我聞)'를 연상케 하는 이 문장은 부족 사회 구송 문화의 현장성을 보여주는 것이라 하겠다. 이 문장은 기록에서 상당히 자주 나오는데, 이 소설에서도 기록이 갖고 있는 현장성을 살리기 활용하려고 한다. 각 장 앞에 붙이는 것은 번거로울 것이므로, 이야기의 흐름에 따라 필요하다고 판단되는 장 앞에만 표시하기로 한다.

은 오랜 세월 동안 풀과 나무와 새와 짐승을 품에 안아 길렀다. 여섯 달 동안 많은 비가 내리는 우기에는 바나나, 야자, 사탕수수, 빵나무 등이 숲을 이루고, 산자락에서 길게 흘러내린 들판에는 고구마, 얌, 칡 등이 뿌리를 뻗고, 풀들은 쑥쑥 자라서 비바람에 휘날렸다.

여섯 달 동안의 따스한 건기에는 우기에 물이 잔뜩 오른 나뭇잎과 풀을 먹고 살이 오른 사슴, 양, 야생 토끼, 야생 닭 같은 짐승들이 무리를 지어 숲과 들판을 달렸다. 이들과 섞여 사는 한 부족이 있었는데, 이들은 까마득한 과거에 아득히 멀고 먼 곳에서 제비갈매기의 인도를 따라 자신들의 조상이 된 한 남자와 한 여자가 이 섬에 들어왔다고 믿어, 스스로를 제비갈매기족이라고 불렀다. 얼굴이 붉은 이들 제비갈매기족은 섬의 뭇 생명들과 함께 오랫동안 살고 있었다. 숲의 야자열매와 바나나열매, 사탕수수를 따고 들판에서는 고구마와 얌, 칡을 캐 먹고 돌도끼와 돌화살로 사슴, 양, 야생 토끼, 야생 닭을 사냥해 나눠 먹었다.

사냥은 꼭 필요한 만큼만 해야 했는데, 그런 일은 아주 드물게 일어났지만, 누군가가 사냥의 충동으로 불필요한 짐승들을 죽이거나 상하게 했을 때 그 사람은 이 섬에서 생각할 수 있는 가장 혹독한 형벌을 받았다. 그 형벌은 산으로 올라가 동굴 속에서 한 달 동안 칡이나 고구마를 먹으며 혼자 지내는 것이었는데, 그것은 외부에서 가해지는 처벌에 의한 것이 아니었다. 부족민들 누구도, 심지어 가족마저도 한 달 동안 그 사람의 얼굴을 보지 않으려 하고 말을 하려 하지 않았기 때문에 받게 되는 벌이었다.

이들은 바다에서도 소중한 양식을 얻었는데, 바위가 많은 바닷가에서는 굴이나 게, 성게를 얻을 수 있었고, 바다가 어린 아이 숨결처럼 고요하게 숨을 쉬는 날이 오면 한 사람이나 두 사람이 탈 수 있는 카누를 타고 나가 배와 등에 통통하게 살이 오른 고기들을, 운이 좋을 때는 등에 기름이 자르르 흐르는 커다란 다랑어를 낚을 수도 있었다.

마침 바다로 나가기 좋은 날이었다.

카누가 늘어 선 섬 동쪽 바닷가 백사장에서는 바다로 나가는 사람들을 위한 한바탕 춤 잔치가 벌어졌고 야자열매 술을 기분 좋게 마신 젊은이들은 햇빛에 탄탄한 근육을 뽐내며 에메랄드빛으로 일렁거리는 바다를 향해 힘차게 노를 저었다. 푸른 초원을 달리는 사슴 떼처럼 바다로 미끄러지는 카누들 위로 둥근 해는 하늘 높이 솟아올랐고, 그들이 낚시를 할 바다에 도착했을 때는 눈부신 해가 머리 한가운데에 떠서 투명하고 힘찬 햇살을 내리퍼붓고 있었다.

카누들은 적당하게 서로 거리를 두고 자리를 잡았고 그들은 칡 줄기에 끓인 바다풀을 먹인 줄에 짐승의 뼈를 돌에 문질러서 만든 낚싯바늘을 묶은 낚싯대를 드리우고 야자열매 술을 마시면서 기다렸다. 가끔씩 살 오른 고기가 낚여 기분 좋아 지르는 탄성이 들렸지만 대부분은 낚싯대를 잡고 비스듬히 뱃전에 누워 아득하게 펼쳐진 바다를 보고 있었다. 그렇게 시간을 보내다가 햇빛이 묽어지고 바람의 느낌이 달라지면 낚시를 걷기 시작하고 경험 많은 카누가 앞장을 서서 돌아가게 된다.

그런데 이 날의 낚시 중에 범상치 않은, 그렇다고 그 자체로는 중대한 사건이라고 할 수도 없는 일이 하나 생기게 되었다. 그 사건의 당사자는 혼자 카누를 몰고 나온, 어릴 때 잘 넘어져서 할머니에게 '정신 차리고 걸어'라는 이름을 받은 젊은 부족민이었다.

낚시터에 도착해 낚시를 드리우고 야자열매 술을 마시면서 고기가 물리기를 기다리는 상황까지는 그도 다른 사람들과 다를 바 없었다. 그가 이 날 낚시를 나온 다른 젊은이들에 비해 특별히 바다에 경험이 없는 것도 아니었고 사리분별이 어두운 것도 아니었다. 문제는 거의 돌아갈 시간이 다 되어서 고기가 낚싯바늘을 물었다는 것인데 낚싯대를 통해 손바닥에 전해지는 강력한 감각으로 추측해 볼 때 상당히 큰 고기였다. 그는 아마 다랑어일 거라 생각했는데 이 정도의 고기를 뱃전으로 끌어 올리려면 힘을 빼기까지 상당한 시간이 걸린다는 것도 물론 동 시에 생각할 수 있었다.

이런 경우 섬사람들은 고기에 욕심을 부리지 않아서 낚싯줄 을 끊더라도 무리와 함께 돌아가는 쪽을 택하는 것이 당연한 선택으로 간주되곤 했다. 처음에는 '정신 차리고 걸어'도 부족 의 그런 전통에 따라 낚싯줄을 끊으려고 했는데, 그 순간 떠나 올 때 야자열매 술을 두 통이나 건네주며 큰 고기를 잡아오라 고 손을 꼭 잡던 '크게 뜬 눈'이 생각나 손을 멈추었다. 서로 마음과 몸을 허락한 정인(情人)이 된 지 세 달이 채 넘지 않아 그녀를 떠올리면 그는 엄지발가락부터 뻗쳐올라오는 힘이 후 끈하게 솟구쳐 정수리를 달구는 것을 느끼곤 했고, 이번에 그 힘은 검붉은 팔뚝으로 쏠렸다. 그는 팔뚝에 팽팽하게 실려 오 는 이 커다란 고기를 잡아서 '크게 뜬 눈'에게 선물을 하고 싶 은 욕망으로 낚싯줄을 움켜쥐었다.

고기를 잡아당기고 또 잔뜩 긴장한 고기에게 끌려가기도 하 면서 그의 카누는 어느새 다른 카누들과 상당히 떨어지게 되었 다. 그런 와중에 고기가 허리로 카누를 강하게 쳐 뒤집힐 뻔하 면서 그만 노가 바다로 빠지고 말았다.

노는 물결에 실려 둥실대며 밀려갔는데 그는 잠시 동안 고기와 노 사이에서 망설였다. 노를 건지려면 낚싯대를 놓고 바다로 뛰어들어야 했고 고기를 잡으려면 낚싯대를 놓아서는 안 되는 것이었다. 그는 망설이다가 결국 낚싯대를 놓지 못했고, 노는 물결에 실려 멀리멀리 사라지고 말았다.

한편 섬으로 돌아가는 카누들은 모든 카누들이 함께 돌아가는 대열에 동참했으리라 믿고, 또 그는 그대로 고기와 씨름하는 것에 정신이 팔려 노을이 서쪽 지평선을 벌겋게 물들일 때까지 서로 멀어져 갔다.

그는 원래의 자리에서 한참이나 더 북서쪽으로 밀려갔을 때 마침내 꼬리를 잡고 서면 목까지 닿는 살찐 다랑어를 잡아 올렸다. 이미 어둠이 상당히 짙어져 바다와 하늘이 하나로 섞여 든 때였다.

섬으로 돌아간 카누들은 모래톱에 배를 대고서야 보고 싶은 남자가 돌아오기를 눈이 빠지게 기다리던 '크게 뜬 눈'의 놀란 외침으로 그가 돌아오지 않은 것을 알게 되었다. 그러나 섬에 있는 사람들이나 바다에 남은 사람 모두 그 사태에 그렇게 크게 당황한 것은 아니었다. 꼭 이런 경우는 아니라도, 드물기는 하지만, 카누를 타고 바다에 나갔다가 조류를 잘못 타거나 노를 잃어버려 혼자 바다에 남겨진 사태가 가끔 발생했고, 당사자가 그 자리를 아주 멀리 벗어나지만 않으면 다음 날 무사하게 귀환하는 것은 별 어려움이 없었다.

그들은 오랜 경험으로 바다로 나가 고기를 잡을 때와 바닷가에서 굴 등을 딸 때를 잘 알고 있었고, 배를 띄울 수 있는 날들은 바람이 카누를 찾을 수 없을 정도로 멀리 몰고 갈 염려가 없으니 안심해도 좋았다.

바다에 남겨진 '정신 차리고 걸어'는 삶은 고구마를 먹고 야자열매 술을 한 통 따서 마시고 길게 누워 칡뿌리를 씹으며 하늘 가득 박힌 별들을 쳐다보았다. 낮이면 태양을 보고 밤이면 별자리를 짚어서 섬이 있는 방향을 찾는 것은 손바닥을 들여다보는 것처럼 쉬운 일이었으나 노가 없으니 움직일 수가 없었다.

그는 자신이 흘러온 거리가 낚시터에서 반나절 정도 벗어났다는 것을 알 수 있었고 다음 날 그를 찾으러 온 카누들은 원래의 자리에서 사방으로 흩어져 찾을 것이니 만나는 것은 큰 문제가 없을 것이라고 생각했다. 이제 그가 할 수 있는 일은 별을 보다가 잠이 오면 아침이 될 때까지 잠을 자는 일밖에 없었고, 실제로 그는 잠시 후 잠이 들었다.

그렇게 잠이 든 그나, 그를 다음 날이면 찾으러 나가려고 잠을 청한 섬의 제비갈매기족들 누구도, 사건이랄 것도 없는 이 작은 사건이, 그들에게 그리고 섬의 생명들에게 몰고 올 엄청난 운명을 꿈에도 상상할 수 없었다.

7장

한 싸움이 있었다.

먼저 기습을 한 쪽은 '회색 늑대족'이었다. 그들은 날쌘 기병을 조직하여 '붉은 곰족'의 성채를 야습했다. 습격의 목적은 두 가지였다. 하나는 '붉은 곰족'의 막강한 코끼리 부대를 섬멸하는 것. 또 하나는 '5월의 장미'를 납치하는 일이었다.

'붉은 곰족'의 족장 딸인 그녀는 눈부신 미모로 평원과 숲의 여러 부족들에게 널리 알려져 있었다. 평원과 숲에서 쌍벽을 이루는 '회색 늑대족'과 '붉은 곰족'은 오랫동안 싸워 왔다. '회색 늑대족'은 이번의 기습으로 확실한 강자의 자리에 올라설 계획이었다. 야습으로 코끼리 막사에 불을 질러 코끼리들을 죽여 버리면 상대의 막강 코끼리 부대는 무력화될 것이다.

'5월의 장미'를 납치하려는 것은 상징적인 효과를 노린 계획이다. 평원과 숲의 부족들 모두가 선망하는 그녀를 차지하는 것 자체가 '회색 늑대족'의 강성함을 보여 주기 때문이다.

야습은 칠흑 같은 밤에 감행되었다. 족장 '회색 늑대'가 직접 기병 부대의 선봉에 섰다. 습격은 반절의 성공이었다. '5월의 장미'를 납치할 수 있었던 것이다. 그러나 코끼리 부대를 무력화시키려던 계획은 무산되었다. 공교롭게도 족장 '붉은 곰'이 코끼리 부대를 이끌고 사냥을 나가고 없었던 것이다. 거의 여자와 노약자만 남아 있던 성채는 '회색 늑대족'의 말발굽에 무참하게 유린되었다. 타오르는 횃불과 날카로운 굉음으로 한껏 흥분된 병사들은 번뜩이는 창칼로 '붉은 곰족'의 성채를 난자했다.

다음 날 급보를 받고 달려온 '붉은 곰족'의 앞에는 수많은 시체와 시꺼멓게 변한 성채가 기다리고 있었다. 족장 '붉은 곰'은 왼손 약지 손가락을 잘라 허공에 피를 뿌리며 복수를 맹세했다. 복수심으로 불타는 '붉은 곰족'은 신속하게 움직였다. 성채를 복구하는 동시에 평원과 숲의 여러 부족에게 특사를 보냈다. 공동으로 무법자 '회색 늑대족'을 응징하자는 제의였다. 그 전투에서 얻은 전리품은 일체 다른 부족에게 넘기겠다는 구미가 당기는 조건을 달아서였다. '회색 늑대족'이 빠르게 강성해지는 것에 불안을 느끼고 있던 대부분의 평원과 숲 부족들이 관심을 표했다.

그리고 그 관심에 기름을 부어 결속을 다지게 만든 사건이 터졌다. 납치되었던 '5월의 장미'가 자살하고 만 것이다. 첩자의 보고에 의하면, 그녀는 술에 취해 달려드는 '회색 늑대'의 단도를 뽑아 스스로 목을 찔렀다고 한다. 솟구치는 피는 흰 목과 가슴을 적시고 흘러 하얀 치마를 시뻘겋게 물들였다는 것이다.

그 소식은 평원과 숲에 바람을 타고 달리는 들불처럼 번져나갔다. 당사자인 '붉은 곰족'뿐만 아니라 평원과 숲의 모든 부족들이 분노로 타올랐다. 수많은 사내들에게 선망의 대상이었던 그녀를 그렇게 짓밟은 '회색 늑대'는 이제 공동의 적이 되었다. 분노와 증오는 그들을 급속하게 결집시켰고, '회색 늑대족'의 성채를 공격할 대규모의 연합군이 신속하게 편성되었다.

예상을 훨씬 뛰어넘는 숫자의 연합군이 역시 예상을 훨씬 뛰어넘는 속도로 공격해 온다는 소식은 '회색 늑대족'의 성채를 뒤흔들었다. 여러 가지 정황으로 보아 연합군의 대대적인 공격에 견딜 수 없다는 것은 자명했다. 성채의 함락은 시간문제일 것이다. 성채가 함락되면 '회색 늑대족'은 저 연합군의 부족들, 특히 '붉은 곰족'의 사나운 발톱에 갈기갈기 찢기고 말 것이다. 남자들은 어린 아이까지 살아남기 어려울 것이며 여자들은 끌려가 사내들의 제물이 될 것이다. '회색 늑대'는 부심에 부심을 거듭하였다. 그러나 이제 선택의 여지는 없어 보였다.

마침내 '회색 늑대'는 성채를 버리기로 결심했다. 날랜 기병 중 정예를 뽑아 결사대를 조직하고 수레를 끌어 모아 건강한 사내와 여자를 실었다. 노인들과 허약하고 병든 자들은 남기라는 명령을 내렸다. 물건들도 급히 소요되는 식량이나 귀중품이 아니면 수레에 싣지 못하게 했다. 말이 끄는 수레가 낼 수 있는 최대의 속도로 달리지 않으면 추격대에 붙잡힐 것이 뻔했다. 부족이 살아남기 위해서는 나머지를 과감히 버려야 한다는 것이 '회색 늑대'의 판단이었다.

이동의 목표는 열흘을 밤낮으로 달려야 닿을 수 있는 서쪽 바닷가였다. 거기서 배를 탈취해 바다로 나갈 생각이었다. 그 바닷가에서 나흘이면 갈 수 있는 곳에 큰 섬이 있다는 것을 들은 적이 있었던 것이다. 그들은 그 섬에서 재기를 기다릴 생각이었다. 연합군은 성채를 탈취해 약탈을 하면 그 결속력이 급속히 와해될 것이었다. '붉은 곰'의 복수심이 아무리 강하더라도 섬까지 쫓아오지는 못할 것이었다. 결사대가 적의 예봉을 막아 내는 사이에 '회색 늑대족'은 해안까지 필사적으로 도주할 계획이었다.

결사대가 연합군의 진격로로 달려나간 후 '회색 늑대'는 출발 명령을 내렸다. 순식간에 성채는 울음바다로 변했다. 남겨진 노약자나 병자들, 그들을 남긴 가족들이나 지인들이 터뜨린 울음소리였다. 남겨진 자들이 살아날 수 없다는 것은 명약관화한 사실이었다. 남겨진 자들은 울부짖으며 수레에 매달렸다. 부모나 형제, 정인(情人)들을 남긴 자들이 말이나 수레 위에서 얼굴을 감싸고 흐느꼈다. 그 중에는 수레 밑에 있는 사람을 끌어올리려는 자도 있었다.

칼을 뽑아 든 '회색 늑대'가 검은 말 위에서 소리쳤다.

"멈추어라! 더 이상 아무것도 말이나 수레 위에 올릴 수 없다. 내 명을 어기는 자는 누구라도 이 칼이 용서치 않을 것이다. 출발하라!"

대열이 움직이기 시작했다. 치솟는 곡성이 어둠을 갈기갈기 찢었다.

말 위에 앉은 족장의 차자(次子) '많은 생각'도 가슴이 찢어지는 고통을 느끼고 있었다. 그의 정혼자인 '하얀 뺨'이 남겨져야 했던 것이다. '하얀 뺨'은 유독 봄을 탔다. 들판이 연둣빛으로 변하고 꽃가루가 날리는 철이 되면 그녀는 심한 기침에 시달렸다. 그리고 입이 짧아져 거의 음식을 먹지 못했다. 잘 먹지 못한 상태에서 기침에 두어 달 시달리고 나면 그녀의 얼굴은 창백하게 변해 버렸다.

결국 자리에 누워 여름을 맞이해야 했고, 초록의 나뭇잎이 진녹색으로 변할 때쯤에야 자리를 털고 일어날 수 있었다. 늦봄인 지금은 그녀가 가장 쇠약해 있는 시기였다. 자신의 힘으로 몸을 추스를 수 없을 정도로. '하얀 뺨'은 자신이 남겨져야 한다는 것을 잘 알고 있었다. 부족이 위기에 처했을 때 약한 자들이 버려지는 것은 오랜 전통이었다. 그녀는 눈물로 범벅이 된 뺨을 정인이 탄 말 목덜미에 묻었다. 이제 다시는 살아서 만날 수 없을 것이다.

'많은 생각'은 말 목을 잡고 간신히 서 있는 그녀를 제대로 볼 수 없었다. 눈을 가득 채운 눈물 때문이기도 했고, 차마 그녀의 얼굴을 볼 수 없기 때문이기도 했다. 그녀가 자리보전을 하고 누워 있었던 것을 모르는 부족민은 없었다. 그녀를 자신의 말이나 다른 수레에 실으려면 나머지 병약자들을 다 수레에 실어야 했다. 족장의 아들인 자신이 족장이 내린 명령이자 부족의 오랜 규율을 어길 수는 없었다.

그는 얼굴을 쳐들어 하늘을 우러러보았다. 허공을 꽉 채운 무거운 어둠이 온몸을 짓누르는 듯했다. 죽이고 죽고, 쫓고 쫓기고, 사랑하는 사람도 죽음의 구렁텅이에 버려야 하는 삶. 사람으로 태어나서 이렇게 살아야 하는 운명이 너무나 고통스럽고 저주스러웠다.

남겨진 자들의 울부짖음을 뿌리치고 도주는 시작되었다. 결사대가 한 뭉텅이 한 뭉텅이 적의 아가리에 뜯어 먹히는 사이에 '회색 늑대족'은 밤낮으로 달렸다. 마침내 예정에 맞춰 열흘째 되는 날 밤 해안 부족의 마을에 도착할 수 있었다.

이들의 출현을 전혀 예상하지 못한 해안 부족의 성채는 깊은 잠 속에 빠져 있었다. 잠시 숨을 고른 '회색 늑대족'은 잠에 빠진 성채를 급습했다. 자신들이 살아남으려면 다른 방법이 없었다. 해안 부족이 자신들의 목숨 줄과도 같은 배를 순순히 내놓을 리 없기 때문이다. 잠 속에 빠져 있다 타오르는 불길 속에 던져진 성채는 간단하게 '회색 늑대족'의 손아귀에 들어왔다.

아침이 밝아왔을 때 해안 부족의 살아남은 사내들은 모두 묶여 바닷가에 무릎이 꿇려졌다. 항해를 견딜 만한 배들이 징발되었다. 모두 열두 척의 배가 용골을 바다로 향했다. '회색 늑대족'의 부족민들과 짐, 그리고 해안 마을에서 탈취한 짐들을 싣기 위한 배들이었다. 모든 준비를 마친 '회색 늑대'는 살아남은 결사대를 기다렸다. 결사대의 대장에게 만 하루를 기다리기로 약속했던 것이다.

다음 날 아침까지 결사대는 나타나지 않았다. 더 이상 기다

릴 수 없다는 판단을 할 즈음에 지평선이 뿌옇게 거대한 먼지
구름이 몰려왔다. 자신들의 기병이 전멸했다는 신호였다. '회
색 늑대'는 즉시 모든 부족민들에게 승선을 명령했다.

그리고 배마다 해안 부족의 사내들을 다섯 명씩 태웠다. 나
머지 배들은 모두 불태운 뒤 '회색 늑대'는 호위병들과 함께
가장 큰 배에 올랐다. 백 명의 사람과 스무 마리의 말, 열 수레
의 짐을 동시에 실을 수 있는 배였다. 코끼리 부대를 앞세운 연
합군이 해안에 다다랐을 때 이미 배들은 돛에 바람을 안고 바
다로 미끄러지고 있었다.

첫날의 항해는 순조로웠다. 배들은 바람이 없는 바다를 미
끄러지듯 달렸다. 물론 땅만 딛고 살아온 '회색 늑대족'에게
잠시도 쉬지 않고 움직이는 바다는 쉽지 않았다. 하지만 막 사
지를 벗어난 그들에게 그 정도는 아무것도 아니었다.

문제가 발생하기 시작한 것은 다음 날 아침부터였다. 아침
에 일어났을 때 모든 배에서 똑같은 사태가 기다리고 있었다.
길잡이와 키잡이로 태운 해안 부족의 사내들이 모두 사라지고
만 것이다. 밤새 약속이나 한 듯이 바다에 몸을 던진 것 같았
다. 섬에 도착해 죽거나 노예로 사는 쪽보다는 통나무나 판자
쪽 하나에 목숨을 거는 쪽을 선택한 셈이었다. 없어진 것은 배
마다 다섯 명의 인질에 불과했지만, 남은 자들에게 던져진 문

제는 심각했다. 이제 망망대해에 배도 다룰 줄 모르고 바닷길
도 모르는 그들만 남게 된 것이다.

그렇다고 돌아갈 수는 없었다. 그것은 죽음으로 가는 것이
었다. 분명하지는 않지만, 섬이 있을 거라고 짐작되는 방향을
향해 노를 젓는 수밖에 없었다. 바다가 어제처럼 잔잔하고 그
들이 가는 방향에 목표로 하는 섬이 기다리고 있기를 바랄 수
밖에 없었다.

둘째 날도 바람은 순조롭고 바다는 잔잔했다. 이제 이틀만
더 견디면 그들이 가고자 하는 섬에 도달할 수 있을 것 같았다.

그 다음 날 아침은 해가 떠오르고 나서도 수평선이 이상하
게 붉었다. 서서히 바람이 일어나기 시작했고 여기저기서 바다
가 하얗게 물갈기를 세웠다. 곧 바람은 무서운 기세로 변했고
화살 같은 비가 쏟아지기 시작하였다. 낮이지만 밤처럼 캄캄한
바다는 굉음으로 울부짖었다. 큰 배가 가랑잎처럼 물결에 휩쓸
렸다. 배 안의 사람과 짐승, 물건들이 뒤섞여 이리 저리로 내팽
개쳐졌다. 바다를 경험하지 못한 '회색 늑대족'은 미칠 것 같
은 공포에 사로잡혔다. 단말마와 같은 비명을 내지르는 것 이
외에는 아무것도 할 수 없었다. 숲처럼 늘어선 적의 창검 앞에
서도 눈 하나 깜짝하지 않던 '회색 늑대'도 온몸이 굳어오는
공포로 목이 막혔다.

다음 날 아침이 되어서야 바다는 거친 숨을 멈추었다. 살아 남은 자들이 정신을 차리고 서로를 찾았다. 정오까지 확인된 배는 여섯 척이었다. 나머지 여섯 척은 바람에 부서지고 파도에 휩쓸려 간 것 같았다. 물론 그 배에 탄 사람들과 실었던 짐승과 물건들도 모두 사라졌다. 남은 배들도 여기저기 크고 작은 상처를 입었다.

더욱 큰일은 목표로 잡은 섬을 완전히 상실했다는 것이었다. 이제 그들은 어디로 가야 할지 알 수 없었다. 다만 한 가지 다행인 것은, '회색 늑대'가 타고 있고 짐을 가장 많이 실은 배가 무사하다는 점이었다.

그리하여 둘러봐야 넘실대는 바다뿐인 망망대해에서 그들의 표류가 시작되었다. 그들은 표류하는 한 달 이십여 일 동안 두 번의 태풍을 더 만나게 된다. 두 번 다 처음보다는 약했지만, 세 척의 배를 더 잃었다. 남은 세 척의 배는 절망과 죽음의 공포를 싣고 정처도 없이 떠돌았다. 식량은 채 한 달도 지나지 않아 동이 나고 말았다. 빗물을 받아 마시고, 말까지 다 잡아먹었지만 허기를 채울 수 없었다.

작은 카누에 탄 낯선 모습의 한 사내를 만났을 때는, 그들이 막 죽음의 문턱 가까이에 다가서 있는 찰나였다.

8장

카누에서 잠이 들었던 '정신 차리고 걸어'는 이상한 느낌으로 깨어났는데, 그것은 어떤 거대한 손이 자신을 흔들고 있는 것 같은 느낌이었다.

그는 잠에서 깨어나면서 자신이 카누에서 잠이 들었다는 것, 밤이면 더 잔잔한 바다가 이상하게 요동치고 있다는 것을 차례로 깨달았다.

눈을 뜬 그는 산처럼 우뚝 솟은 무언가가 앞을 가로막고 있는 것을 보았다. 달이 가장 둥근 날은 아니지만, 사물들을 분별하지 못할 정도로 어둡지는 않았다. 잔뜩 고개를 치켜든 그는 눈앞을 가로막고 있는 거대한 물체를 알아볼 수 있었다. 그것은 그가 지금까지 보지 못한 어머어마하게 큰 배였다. 그 배에 비하면 그의 카누는 바위 앞의 조약돌이나 마찬가지였다. 그 거대한 배가 카누를 깔아뭉갤 듯이 다가오고 있었다. 그를 잠에서 깨운 것은 그 배가 만들어 내는 파도였다. 그는 생전 처음 경험하는 엄청난 공포감에 사로잡혀 목청껏 비명을 질렀다.

'회색 늑대족'의 한 병사가 그 비명 소리를 들었다. 소리의 결이 생생하게 살아나는 고요한 밤이었다. 뱃전에 누워 있던 병사는 귀를 뚫고 들어오는 특이한 소리를 들었다. 그것은 지난 한 달 반 동안 지겹도록 들었던 물결 소리나 물새들의 소리가 아니었다. 병사는 힘들게 몸을 일으켜 소리가 들려오는 뱃전 아래 바다 쪽을 보았다. 배에서 얼마 떨어지지 않은 바다에 이상한 것이 떠 있었다. 처음 병사는 그것을 바다에 가끔 떠오르는 물개 같은 종류의 동물로 생각했다. 그 때 다시 새된 비명 소리가 울려 퍼졌고, 병사는 비로소 그것의 정체를 파악할 수 있었다.

곧 '회색 늑대'가 타고 있는 그 배에서 소요가 일어났다. 보고를 받은 '회색 늑대'는 잠에서 깨어 카누를 끌어올리라고 명령했다. 수십 명의 병사들이 있는 힘을 다해 카누를 끌어올렸다. 카누가 갑판에 내려지기가 무섭게 배에 있는 자들은 '정신 차리고 걸어'가 낚아 올린 다랑어를 발견했다. 누가 먼저랄 것도 없었다. 아귀처럼 달려든 자들에 의해 다랑어는 순식간에 뼈로 변하고 말았다.

'정신 차리고 걸어'는 뼈만 남은 자들이 자기가 잡은 고기에 달려들어 단숨에 뼈로 만드는 것을 멍하니 바라볼 수밖에 없었다. 약간의 기운을 회복한 병사들은 번들거리는 눈으로 '정신 차리고 걸어'를 노려보았다. 마치 다랑어처럼 먹어 치울 기세였다. 그 때 '회색 늑대'가 칼을 빼 들었다. 무서운 굶주림으로 엄격한 명령 체계가 상당히 와해된 상태지만, 족장의 칼이 쏘아내는 인광(刃光)은 병사들을 주춤 멈추게 만들었다. '회색 늑대'는 족장다운 지도력과 지혜를 발휘해서 남은 힘을 짜내 소리쳤다.

"이 자로 우리의 굶주림이 해결되지 않는다. 저 작은 배로 여기까지 왔다는 것은 가까운 곳에 땅이 있다는 증거다. 이 자를 길잡이로 삼으면 땅에 닿을 수 있다."

'회색 늑대'의 말은 엄청난 반향을 불러 일으켰다. 땅에 닿을 수 있다니! 갑판은 폭풍과 같은 환호로 뒤덮였다. 성급한 자들은 '정신 차리고 걸어'를 껴안고 울음을 터뜨렸다. '회색 늑대'는 갑판의 소란을 진정시키고 말했다.

"먼저 이 자의 말을 들어보는 것이 중요하다."

그러나 곧 이들은 서로 말이 전혀 통하지 않는다는 것을 깨달았다. '정신 차리고 걸어'에게 '회색 늑대족'의 말은 깨진 조개 조각들처럼 날카로운 소음이었다. '회색 늑대족'에게

'정신 차리고 걸어'의 말은 띄엄띄엄 우는 갈매기 울음처럼 비슷비슷한 음향에 불과했다.

말로 서로의 의사를 파악하는 것은 포기할 수밖에 없었다. 곧 온몸을 사용한 갖가지 행위가 동원되었다. 그 결과 '회색 늑대족'은 멀지 않은 곳에 땅이 있다는 사실을 확인할 수 있었다. 또 '정신 차리고 걸어'가 자신들이 사냥을 나갔을 때 가끔 발생하는, 일종의 낙오자라는 것도 알 수 있었다. 땅이 있는 방향을 '정신 차리고 걸어'는 손가락으로 지시했고, 미치도록 땅에 닿고 싶은 '회색 늑대족'은 모두들 달려들어 노를 저었다.

해가 떠올랐을 때 그들의 배는 어제 카누들이 낚시를 하던 바다에 도착할 수 있었다. 노를 젓던 자들은 이제 뱃전에 널브러졌다. 아무리 강한 열망도 한계가 있는 법이다. 그리고 짧은 시간이었지만 어느 정도 익숙해진 의사소통 행위를 통해 이 곳에서 기다리면 고대하던 '땅'으로 갈 수 있다는 사실도 알게 되었다. 낙오자를 데리러 오는 자들은 처음 낙오된 곳에서 시작하기 마련이고, 자신들이 그 장소에 도달한 것을 알게 된 것이다.

'회색 늑대'는 뱃전에 서서 육지가 있다는 방향을 바라보았다. 이제 이 곳에서 낙오자를 데리러 오는 자들을 기다릴 생각이었다. 물론 '회색늑대'는 자신들이 만나게 될 종족의 정체를 알 수 없었다. 지금 상황에서 알 수 있는 것은 자신들의 운명은 그 종족의 손에 달려 있다는 것이었다. 그러나 비록 그들이 가 닿는 땅이 불구덩이라 하더라도, 지금으로서는 오직 가고 싶은 심정뿐이었다. 다른 선택의 여지가 없다는 이성적인 판단에 앞서 미치도록 땅을, 단단한 땅바닥을 밟고 싶었다.

뱃전에 서 있는 '회색 늑대'의 눈에 수평선 저쪽에서 갈매기 떼처럼 나타난 카누들이 들어온 것은 해가 이마를 사선으로 비추고 있을 때였다.

어제의 낚시 장소로 노를 저어 온 섬의 카누들은 그 곳에 엄청나게 큰 물체들이 떠 있는 것을 보았다. 곧 그들은 자신들의 카누와 모양은 다르지만 그것이 배라는 것, 배에는 생전 처음 보는 낯선 사람들이 타고 있다는 사실을 발견했다. 그리고 그 중 가장 큰 배에 자신들의 동료가 타고 있다는 것을 알 수 있었다.

자신의 동료들이 다가오기를 기다려 '정신 차리고 걸어'는 큰 소리로 외쳤다. 대강 이런 내용이었다.

"이 손님들은 지금 오랫동안 바다를 떠돌아다녔다. 몹시 배가 고픈 것 같다. 빨리 섬으로 데려가야 한다."

카누들은 우선 싣고 온 고구마와 야자열매 술 등을 배로 올려 주었다. 그리고 계획을 바꿔 모든 카누가 뱃머리를 섬으로 돌렸다. 낯선 배들만 아니라면 정오도 되지 않았는데 되돌아가는 일은 없을 것이다. 잃어버린 동료를 찾기만 하면 함께 고기를 잡다가 돌아가곤 했다. 이렇게 날씨가 좋은 날이 계속되지는 않으니까.

하지만 이제 이 엄청난 사태 앞에서 낚시고 뭐고 그런 것은 생각할 수도 없었다. 곧 쓰러질 것만 같은 뼈만 남은 이 사람들을 어서 섬으로 데려가야 한다는 생각이었다. 이런 거대한 배와 손님들은 물론 그들에게 처음이었다. 과거에 이런 낯선 배와 사람들이 섬에 왔었다는 말도 들은 적이 없었다. 태어나서 죽을 때까지 그들이 볼 수 있는 것은 오직 바다였다. 물론 아득한 바다 저쪽에 섬들과 큰 땅이 있다는 말은 전해지고 있었지만, 어디까지나 그것은 이야기일 뿐이었다. 그들은 자신들의 섬만이 땅이라고 여기며 살아왔던 것이다.

카누를 앞세운 배들이 섬에 다다른 것은 늦은 오후였다. 야자나무에 올라가 야자열매를 따던 사람들이 수평선에 거대한 배들이 나타난 것을 발견했다. 놀란 그들은 마을로 내달았고 곧 바닷가는 마을에서 몰려나온 사람들로 가득 찼다. 거의 모든 섬사람들이 나왔던 것이다. 그들 앞에는 족장인 '키가 큰 사슴'이 서 있었다.

'회색 늑대'는 다가오는 섬과 해안에 몰려선 사람들을 노려보았다. 평원과 숲에서 오래 전쟁을 치르며 얻은 본능이었다. 일단 상대의 수를 헤아려 그 세력을 자신들과 비교하는 것이다. 대강 눈짐작으로 헤아려 보니 몰려나온 사람들은 자신들의 열 배는 되는 것 같았다. 남은 '회색 늑대족'이 이백여 명 남짓이니까 저 자들은 이천 명 정도다. 나오지 않은 자들도 있을 테니까 더 된다고 보아야 한다. 그리고 자신들은 지쳐서 칼을 들 힘조차도 없는 상태다. 상대는 카누에 탄 자들로 짐작하건대, 몸이 건장하고 근육은 튼튼하다. 상대가 마음만 먹으면 자신들은 저항이랄 것도 없이 죽거나 사로잡힐 수 있다. 그렇다고 무슨 방책을 세울 수도 없었다. 선택의 여지가 없었다. 카누에 탄 자들이 낯선 부족에게 보여 준 호의에 의지하는 수밖에 없었다.

족장인 '키가 큰 사슴'은 다른 섬사람들과 마찬가지로 엄청난 충격에서 헤어나지 못하고 있었다. 이것은 꿈에도 생각하지 못한 일이었다. 어릴 때 수염이 하얀 노인들에게서도 이런 큰 배와 손님들에 대해서는 들어본 적이 없었다. '키가 큰 사슴'은 눈을 크게 뜨고 모래톱에 머리를 올리는 배를 쳐다보았다.

마침내 배에서 낯선 손님들이 내리기 시작하였다. 그들을 본 '키가 큰 사슴'은 더 놀라지 않을 수 없었다. 그들은 너무 말라서 마치 해골과 같았던 것이다. 파도에 시달릴 대로 시달린

배의 꼴을 보고 어느 정도 짐작은 했지만, 손님들의 모습을 보니 너무 심했다. 겨우 바닷가에 발을 디딘 그들은 대부분 모래밭에 그대로 픽, 픽 쓰러지고 말았다. 뼈만 남다시피 한 손님들의 모습이 준 놀라움은 혼란스러운 충격과는 구별되는 것이었다. '키가 큰 사슴'은 비로소 자신이 해야 할 일을 깨달을 수 있었다. 지금 저들은 손님이고 자신은 손님을 맞이해야 할 주인의 대표인 것이다. '키가 큰 사슴'은 부족민들의 앞으로 걸어나갔다. 배에서 내린 사람들의 무리에서도 한 남자가 걸어 나왔다.

'회색 늑대'는 긴 지팡이를 짚고 걸어오는 사내가 이 섬의 족장이라는 것을 직감했다. '회색 늑대'는 걸어오는 사내와 그 뒤에 선 부족민들의 얼굴을 재빨리 살폈다. 모두 비무장인 그들의 얼굴에서는 어떤 적의나 공격 의도도 찾을 수 없었다. '회색 늑대'는 비로소 긴 안도의 한숨을 내쉬고 걸어오는 사내를 마주 보며 걸어 나갔다.

가까이 다가선 '키가 큰 사슴'은 반가운 사람을 껴안고 이마를 비비는 그들의 전통적인 인사법을 따라 두 팔을 크게 벌리며 말했다.

"형제여, 그대를 환영한다."

'회색 늑대'는 상대의 말은 알아들을 수 없었지만 그 의도는 알아챘다.

'회색 늑대' 역시 팔을 크게 벌리며 말했다.

"형제여, 난 그대를 해칠 생각이 없다."

두 족장은 상대의 허리를 마주 껴안았다.

9장

    손님을 환영하는 축제는 이틀 후에야 열릴 수 있었다. 탈진했던 손님들이 어느 정도 기력을 찾기를 기다려야 했기 때문이었다.

    처음 도착한 날, 해안에서 '회색 늑대족'들 대부분은 정신을 놓고 쓰러져 버렸다. 정신을 잃지 않은 자들도 모래톱에 누워 일어나지 못했다. 자신들의 족장과 상대편의 족장이 서로 껴안는 것을 본 순간이었다. 죽음의 아가리에서 빠져 나왔다는 안도감에 환영을 받은 기쁨이 더해지자 의식을 지탱하고 있던 긴장의 끈이 풀려 버린 탓이었다. '회색 늑대'만이 무서운 의지로 무릎에 힘을 주었으나 그도 결국 주저앉고 말았다.

    섬사람들이 광장에 옮겨 놓은 다음에야 손님들은 하나둘 눈을 뜰 수 있었다. 그들은 섬사람들이 가져온 바나나, 고구마,

어느 족장의 이야기 85

토끼고기, 닭고기, 야자열매 술 등으로 허겁지겁 배를 채운 후 다시 쓰러져 깊은 잠에 빠져들었다. 다음 날도 비슷한 일이 몇 번 반복되었고, 사흘째가 되어서야 손님들은 섬의 부족민들이 벌인 축제에 참가할 수 있을 정도로 기력이 회복된 것이다.

축제는 섬 동쪽에 몰려 있는 마을로 빙 둘러싸인 넓은 중앙 광장에서 열렸다. 섬의 젊은이들은 축제처럼 특별한 경우에만 사냥하는 사슴과 산양을 각각 열 마리씩 잡았다. 바나나, 고구마, 사탕수수, 얌, 칡 등의 뿌리와 열매는 물론 토끼나 닭 등의 고기, 다랑어, 조개, 왕게, 성게, 해삼 등의 해산물이 풍성하게 차려졌다. 음료수는 산 중턱에서 솟는 시원한 광천수와 야자열매를 따서 발효시킨, 아무리 많이 마셔도 기분이 좋을 정도로만 취기를 주는 야자열매 술이 있었다. 섬에서 준비할 수 있는 거의 모든 먹을거리가 나온 셈이었다.

달이 뜨기를 기다려 섬 주민들이 광장으로 모여들었다. 그 동안 여러 마을로 분산되어 휴식을 취하고 있던 손님들도 주민들을 따라 나왔다. 광장 한가운데에는 통나무를 둥글게 쌓아올려 피운 모닥불이 주위를 환하게 밝히고 있었다. 두 족장이 나란히 등장하는 것으로 축제는 시작되었다.

먹고 마시고 배가 불러지자 모두들 흥에 겨워 불빛 앞에서 춤을 추었다. 손님들은 살아남은 환희와 오랜만에 배불리 고기를 먹은 기쁨으로 춤을 추었다. 섬의 부족민들은 갑자기 찾아온 손님들이 섬에 불어넣어 준 활기와 축제의 흥분으로 춤을 추었다. 우기의 중간 중간 맑은 날 밤이면 자주 축제를 벌이고 춤을 추며 즐기는 부족민들이었지만, 이렇게 큰 축제는 흔한 것이 아니었다.

두 부족민이 어울려서 흥겹게 춤을 추는 것을 바라보며 눈물 흘리는 사람이 있었다. '회색 늑대'의 둘째 아들 '많은 생각'이었다. '많은 생각'은 슬픔과 기쁨이 뒤범벅된 뜨거운 눈물을 줄줄 흘렸다. 죽음의 구렁텅이에 두고 온 부족민들, 특히 말머리를 잡고 그냥 가쁜 숨만 몰아쉬던 '하얀 뺨'을 생각하면 지금도 가슴이 미어지는 것 같았다. 하지만 긴 죽음의 터널을 빠져 나와서 이 섬에 도달한 것은 생각하면 생각할수록 가슴 벅찬 기쁨이었다. 그것은 단순히 꿈에도 그리던 육지를 밟았다는 행운에 그치는 것이 아니었다. 불과 이틀밖에 지나지 않았지만, 이 섬과 섬의 부족민들은 '많은 생각'에게 깊은 감동을 주었다.

처음 백사장에서 두 부족의 족장이 만나던 장면부터가 그에게는 신기할 정도로 의외였다. '회색 늑대족', 아니 그들이 살았던 평원과 숲의 부족으로서는 상상할 수 없는 장면이었다.

그 날 위치가 반대였더라면 어땠을까. 당연히 그들 부족은 자신들의 영토로 들어온 자들을 일단 무릎부터 꿇렸을 것이다. 그렇게 해서 확실하게 힘의 우위를 확인시킨 다음 죽일 것인가, 노예로 삼을 것인가 등의 처리 방식을 논의했을 것이다.

그런데 섬 부족민들은 허락도 없이 몰려든 그들을 아무 조건 없이 따뜻하게 껴안아 준 것이다. 그리고 자기들의 귀중한 식량을 아낌없이 나눠 주고 이렇게 정성을 다한 환영의 축제까지 열어 주고 있는 것이다. '많은 생각'이 살았던 평원과 숲의 질서로서는 도저히 이해할 수 없는 일이었다. 하지만 눈앞에서 벌어지고 있는 이 사실들을 믿지 않을 수 없었다. '많은 생각'은 둥근 모닥불 빛을 받아 빛나는 섬사람들의 얼굴을 찬찬히 바라보면서 가슴 속에 맑고 따스한 감정이 그윽하게 고이는 것을 느끼고 있었다.

그렇다, 이건 다른 삶이었다! 그리고 현실이었다!

축제가 무르익으면서 두 부족민들 모두 먹고 마시며 기쁨과 즐거움 속에 빠져 있었지만, 이 밤 누구보다도 큰 환희로 가슴이 벅찬 두 사람이 있었다. 연인인 '정신 차리고 걸어'와 '크게 뜬 눈'이었다. 때를 기다리던 두 사람은 눈짓을 주고받아 축제의 자리를 슬그머니 빠져 나왔다. 눈으로만 서로를 바라보고 있기에는 가슴이 너무 뜨거웠다.

크게 걱정할 정도는 아니었지만, 밤을 지새우고 돌아온 연인을 맞은 '크게 뜬 눈'의 마음은 각별했다. 그건 다랑어를 잡아서 연인에게 주려고 일행에서 떨어지기까지 한 '정신 차리고 걸어'의 마음도 마찬가지였다. 거기에다가 들뜬 축제의 분위기까지 가세하고 있었다. 몸과 마음이 뜨겁게 달아올라서 참고 있을 수가 없었다. 노랫소리가 멀어지는 곳까지 빠져 나온 두 사람은 손을 맞잡고 풀밭을 달렸다. 서로 말을 할 필요가 없었다. 그들은 바닷가 언덕 위 풀밭까지 단숨에 뛰어올랐다.

언덕 위에는 뒤집은 조개껍데기처럼 오목하게 들어간 곳이 있었다. 마침맞게 자란 풀이 부드럽고 푹신하여 그 안에 누우면 아늑하게 안겨 있는 느낌이었다. 두 사람이 들어가기 알맞은 이 곳이 그들이 은밀하게 정해 놓은 밀회 장소였다.

저 아래 내려다보이는 광장의 불빛과 노랫소리가 정답게 들려오고 있었다. 두 사람은 가쁜 숨을 내쉬며 그 안에 뛰어들었다. 그리고 뜨거운 몸을 마주 힘껏 껴안았다. 힘찬 파도 소리가 언덕 아래 바위벽을 때리고 있었다.

10장

축제는 섬사람들이 손님들을 환영하는 것이면서 그들을 섬의 주민으로 받아들이는 행사이기도 했다.

이제 섬사람들이나 손님들 모두 그들이 이 섬에서 함께 살아야 한다는 사실을 인정할 수밖에 없었다. 불완전한 의사소통을 통해서이지만, 섬사람들은 손님들의 사정을 어느 정도 파악할 수 있었다. 그들의 건강 상태로 보아 바다에 익숙한 뱃사람이라도 몇 달은 있어야 긴 항해가 가능할 듯 보였다.

그리고 그들이 타고 온 배도 다시 바다로 나갈 수 있을 것 같지가 않았다(예상대로 '회색 늑대족'이 타고 온 세 척의 배는 다음 우기가 끝나기도 전에 주저앉아 조개들과 새들의 거주지가 되고 말았다). 손님들인 '회색 늑대족'의 입장은 더 확고했다. 그들에게 다시 바다로 나간다는 것은 죽음의 입구로 들어

가는 것이나 마찬가지였다. 그것은 생각조차 하기 싫은 일이었다.

이런 마음들은 서로에게 별 어려움 없이 이해되었고, 곧 손님들이 섬 주민이 되기 위한 준비가 착수되었다. 먼저 우기가 닥치기 전에 거처를 마련해야 했다. 지금은 여러 마을에서 여유가 있는 거처를 내주고 있지만 손님들도 함께 살 수 있는 거주지가 필요한 것이다. '키가 큰 사슴'이 '회색 늑대'에게 제안한 땅은 섬의 남서쪽 낮은 구릉으로 둘러싸인 평지였다. 섬사람들의 마을들이 몰려 있는 동남쪽의 평지를 빼고는 섬에서 가장 넓은 평지가 있는 곳이었다. 뒤에 숲을 두고 있는 입지 조건도 나무랄 데가 없기에 '회색 늑대'는 반대할 이유가 없었다.

거주지가 정해진 뒤에 거처를 짓는 것도 대부분 섬 주민들의 몫이었다. 아직 손님들은 노동을 감당할 만큼 건강이 회복되지 못한 상태였다. 또 섬에 풍부한 화산석과 나무껍질, 나뭇잎을 사용하여 집을 짓는 일은 그들에게 낯설기만 해서 거들어도 별 도움이 되지 못했다. 섬사람들은 돌로 벽을 쌓고 나무껍질과 나뭇잎으로 지붕을 이었다.

이백여 명의 사람들이 거처할 수 있는 집 서른두 채가 지어지자 곧 우기가 닥쳤다. 우기 동안은 식량을 얻기가 쉽지 않다. 더구나 섬의 식물과 동물들에 대해서 잘 알지 못하는 손님들에게 식량을 구하는 것은 간단한 일이 아니었다. 따라서 우기의 여섯 달 동안 대부분의 식량을 공급해 준 것도 섬사람들이었다. 그들은 자신들의 식량을 줄이고 나누어서 함께 우기를 날 생각이었다. 이 모든 것을 섬의 주민들은 옆 마을 사람이 손님으로 왔을 때 잠자리를 주고 먹을 것을 나누는 마음으로 해 나갔다.

섬의 '제비갈매기족'의 행동들은 '회색 늑대족'에게는 낯설었고 이해하기 어려운 것이었다. 그들이 살았던 저 평원과 숲의 생존 방식은 투쟁과 탈취였다. 같은 부족끼리는 공동의 이익으로 단결할 수 있었다. 그러나 다른 부족은 부족의 이익을 위하여 투쟁하고 무찔러야 할 적이었다. 경우에 따라 다른 부족과의 동맹이 가능했지만, 그것도 상황만 바뀌면 언제나 적이 될 수 있는 일시적인 것이었다. 다른 부족에게 조건 없이 물건을 나누고 호의를 베푸는 것은 그들에게는 생각도 할 수 없는 어리석은 일이었다.

그런데 그런 일이 눈앞에서 일어난 것이다. 처음엔 반신반의했지만, 몇 달을 지내는 동안 섬 부족민들이 보여 준 호의는 의심할 수 없는 것이었다. 그들은 침입자나 다름없는 자신들에게 아무런 조건 없이 그들이 할 수 있는 최대한의 호의를 베풀고 있는 것이다.

아무리 단단한 바위에도 물이 스며들 수 있는 법이다. 피가 솟구치고 죽음이 즐비한 수없는 전투를 치르면서 증오와 적개심으로 굳어 버린 '회색 늑대족'의 마음도 서서히 풀어지기 시작했다.

그래서 우기의 여섯 달이 지났을 때는, 두 부족들 서로가 신체적인 특징으로 구별은 했지만 그것은 다만 편의상의 구별일 뿐이었다.[8]

처음에 이 두 부족들에게 갈등이나 문제가 끼어들 소지는 전혀 없어 보였다. '회색 늑대족'에게도 섬은 이제 자신들이 살아야 할 땅이었다. 물론 이 새 땅은 그들이 전에 살았던 곳과는 판이하게 달랐지만 말이다.

그들이 살았던 평원은 끝 간 데 없이 사방으로 트인 곳이었

---

8) 두 부족이 만났을 때 외형상 서로를 구별할 수 있는 점은 일단 복장이었을 것이다. 그러나 복장이란 바뀌는 것이므로 그것으로 구별할 수는 없다. '기록'에 의하면 '회색 늑대족'은 귀가 매우 컸다고 한다. 아마 귀고리를 해서 귓불을 늘어뜨리는 풍습이 있었다고 보여진다. 자연히 섬의 '제비 갈매기족'은 그들과 비교되어 귀가 작은 쪽이 되었을 것이다. 그들이 서로를 구별하기 시작하면서 '귀가 큰 족'과 '귀가 작은 족'이라는 호칭이 등장하기 시작하는데, 거기에는 이유가 있다고 보여진다. 두 부족 모두, 섬사람들이 보지도 못한 늑대나 육지 부족에게 친숙하지 않은 제비갈매기 따위보다는 눈에 들어오는 신체적 특징으로 서로를 구분하는 것이 편리했을 것이다. 이들이 귀의 크기로 서로를 구별하고, 그 구별이 차별이 되면서 귀는 이들을 규정하는 중요한 표시가 되는데, 소설에서는 편의에 따라 '장이족(長耳族)'과 '단이족(短耳族)'으로 부르기로 한다.

다. 그런 곳에서 수를 알 수 없는 부족들이 크고 작은 집단을 이루어 살고 있었다. 집단들은 서로 싸우고 뺏고 죽이며 살아가고 있었다. 그렇지 않으면 뺏기고 죽임을 당했다. 다른 생존의 방식은 존재하지 않았으므로 배울 수도 없었다.

그러나 이 섬은 달랐다. 발로도 한 나절만 달리면 어느 쪽이나 바다였다. 달려가 뺏고 도망할 땅도 없었다. 다행히 남의 것을 빼앗지 않고도 이 섬의 땅과 바다에서 나는 양식은 두 부족이 먹고 살 수 있을 만큼 충분해 보였다. 싸우고 공격할 이유가 없었다. 더구나 상대는 자신들의 생명의 은인이 아닌가.

아무리 사나운 짐승도 은혜는 느끼는 법이다. 그러므로 갈등과 충돌은 전혀 서로의 의도가 아니었다. 문제는 일종의 생각과 행동의 차이, 그들의 조상 때부터 오래 몸과 마음에 익혀왔던 삶과 죽음의 형식 그 자체에 있었다.

11장

우리는 이리 들었노라

우기가 끝나자 숲과 들판은 맑은 햇빛 아래서 싱싱하게 살아 올랐다.

잔뜩 물을 머금은 사탕수수, 야자나무, 바나나나무 등의 큰 잎사귀가 불어오는 바람에 너울너울 춤을 추었다. 비옥한 땅에서 빨아올린 양분과 수분으로 반지르르하게 윤이 오른 풀잎은 섬을 파랗게 물들이고 있었다. 노동의 철이 시작된 것이다. 우기 동안은 비가 그친 짬짬이 숲으로 가서 나무 열매를 따고 들판으로 나가 식용 구근을 캐는 정도 말고는 일을 하기가 어려웠다. 이제 하늘은 드높이 푸르고 대기는 일을 하기에 좋을 정도로 시원했다.

'제비 갈매기족', 그러니까 단이족(短耳族)들은 모두 숲과 들판, 해안과 바다로 나가기 시작했다. 그들은 항상 해 오던 대로 숲의 키가 큰 나무들로 올라가 열매들을 땄고, 들판에서 먹을 뿌리들을 캤으며, 바닷가에서는 패류들을 채취하고, 바다에서는 낚시로 고기를 잡았다. 이렇게 준비한 양식들은 6개월의 건기는 물론 다음 6개월의 우기를 무사히 나게 해 줄 것이었다.

'회색 늑대족', 그러니까 장이족(長耳族)들도 새로운 날들이 왔음을 깨달았다. 이 새로운 날들은 먹고 살기 위한 식량을 마련하는 노동의 시기라는 것도 알 수 있었다. 그러나 섬에서의 노동은 그들이 생각하는 것과는 판이하게 달랐다. 그들에게 노동이란 유목과 사냥이었다. 양 떼와 소 떼를 평원으로 몰고 다니며 유목을 하고, 호랑이, 표범, 곰, 사슴, 노루, 늑대, 여우, 멧돼지 등 이 섬에 있는 종류보다 훨씬 다양한 동물들을 사냥했다. 평원과 숲의 부족들이 서로 맹렬하게 싸우는 이유는 양 떼와 소 떼를 탈취하고 방목지를 확보하거나 사냥터를 차지하기 위한 것이었다. 열매나 뿌리 같은 것들도 식량이 되긴 하지만, 그런 것의 수확은 전적으로 아녀자들의 몫이었다. 그러므로 지난 우기 동안 푹 쉬어 어느 정도 체력을 회복한 장이족의 사내들이 사냥에 나선 것은 그들의 생활 풍습으로 보아 당연한 일이라 할 수 있었다.

며칠째 맑게 갠 하늘이 더욱 높아 보이는 어느날 아침 장이족의 사내들은 자신들의 마을 앞에 집결했다. 이백여 명의 부족민 중 사내는 3분의 2정도였는데 모두 다 사냥에 나갈 수 있는 것은 아니었다. 집결해 '회색 늑대'가 점검한 인원은 자신을 제외하고 76명이었다. 죽음과도 같았던 항해의 후유증을 아직 벗어나지 못한 50여 명을 제외한 사람들이었다.

그들은 지난 밤 마른 야자열매 껍질에 진흙을 묻혀 여러 번 닦은 칼과 창을 들고 있었다. 무기는 그들에게 생명과 같았다. 무서운 폭풍우가 몰아치는 절체절명의 순간에도 그들은 무기만은 허술히 다루지 않았다. 바다로 쓸려가지 않기 위해 돛대에 몸을 묶을 때는 칼과 창도 함께 묶었다. 그런 필사적인 노력으로 무기를 지켜 낼 수 있었던 것이다. 긴 항해 도중에 습기로 시위가 늘어져 활을 쓸 수 없다는 것은 아쉬웠다. 아쉬움은 그것뿐이 아니었다. 활과 함께 사냥에서 절대적으로 필요한 말(馬)이 없다는 것도 큰 취약점이었다. 한 가지 위안이 되는 점은 단이족들이 돌도끼나 돌칼, 돌창 등 조악한 사냥 도구를 사용하면서도 사슴이나 산양을 사냥한다는 사실이었다.

그 동안 파악한 바로는, 장이족의 관점에서 보면 단이족에게 무기라고 할 만 것이 없었다. 돌도끼나 돌칼은 날이 무뎌서 상대에게 타격을 주더라도 치명상을 입히기는 어렵고, 돌창은 멀리 날아가지도 목표를 정확히 꿰뚫지도 못할 것으로 보였다.

마을 앞을 떠난 장이족 사내들은 산자락을 빙 둘러서 울창하게 하늘을 가린 숲으로 향했다. 산 남쪽 자락의 숲 앞까지 온 장이족들은 일단 멈췄다. 사냥 전략을 세우기 위해서였다. 말이 있고 활이 있는 사냥에 익숙한 이들로서는 생소한 상황에 적응해야 할 판이었다. 사냥에 경험이 많은 부하들의 의견을 주의 깊게 듣고 난 다음 '회색 늑대'는 결론을 내렸다.

"세 부대로 나눈다. 두 부대는 숲 양쪽으로 산 중턱까지 올라간다. 거기서 아래로 짐승들을 몰아온다. 나머지 부대는 아래서 기다리다 쫓겨 오는 짐승들을 사냥한다."

'회색 늑대'는 자신의 오른쪽 옆에 서 있는 장자(長子) '매 발톱'과 차자(次子) '많은 생각'을 돌아보았다. 족장의 뒤를 이을 후계자들에게 기회가 있을 때마다 부대를 지휘하는 연습을 시키는 것은 부족의 전통이었다.

"오른쪽 부대는 매 발톱이 지휘한다. 왼쪽 부대는 많은 생각이 지휘한다. 대기하는 부대에는 내가 있겠다."

사냥과 전투에 단련된 장이족들은 곧 족장의 말을 알아들었다. 두 부대는 화살촉을 반대로 한 모양을 산 중턱에서부터 크게 만들어 그 안에 짐승들을 가두고 아래로 몰아오는 전략이었다. 아래에서 기다리는 부대는 내리막길로 쫓겨 오는 짐승들을 사냥하면 된다. 사슴이나 산양 같은 발굽 갈라진 짐승은 오르막길은 잘 오르지만, 내리막길에서는 균형을 잘 잡지 못한다는 것을 그들은 경험을 통해 알고 있었다.

사냥이 시작되었다.

산 중턱을 포위한 장이족들은 괴성을 지르며 짐승들을 몰기 시작했다. 나무숲 여기저기에서 한가롭게 먹이를 찾던 사슴과 산양들은 눈을 동그랗게 뜨고 그들을 쳐다보았다. 장이족의 두 부대는 칼과 창을 휘두르며 짐승들을 아래로 몰았다. 느닷없는 소란에 짐승들은 놀라 우왕좌왕하며 아래로 몰려 내려갔다.

장이족들은 짐승들을 몰면서 이상하다는 생각에 사로잡혔다. 짐승들의 동작이 한없이 굼뜨기만 했던 것이다. 그들이 이전에 사냥했던 짐승들과는 분명 달랐다. 평원의 짐승들은 순순히 당하지 않는다. 육식동물은 말할 것도 없고, 초식동물도 위기에 처하면 사냥꾼을 공격하기도 한다. 그런데 이 섬의 짐승들은 날쌔게 도망치거나 포위망을 뚫으려고 돌진하지도 않았다. 그냥 몰면 모는 대로 이리저리 몰리고 있었다. 이 정도라면 맨 손으로도 사냥을 할 수 있을 것 같았다. 장이족들은 비로소 왜 단이족들이 무기라고 할 수 없는 어설픈 도구로도 사냥을 할 수 있는지 알 것 같았다.

사냥은 정말 싱거웠다. 짐승들은 고스란히 포위망 속에 걸려들었고, 위아래 3면에서 짐승들을 잡기 시작했다.

사냥은 성겁게 끝났지만 그렇다고 해서 사냥의 흥분과 열기마저 미적지근한 것은 아니었다. 일단 피를 본 장이족들은 본능과도 같은 공격욕을 느꼈다. 말을 타고 화살을 날리던 산악에서의 사냥처럼 피가 뜨겁게 끓어올랐다. 배를 탄 후 처음으로 맛보는 흥분이었다. 그 흥분은 전신을 달구는 쾌락과도 같았다. 비로소 자신들이 살아 있는 것 같은 느낌이 들었다. 장이족들은 피를 뒤집어쓰고 괴성을 지르며 칼과 창을 휘둘렀다.

눈을 뜨고 이 섬에서 살기 시작한 후 지금까지 이처럼 조직적이고 거친 공격을 받은 적이 없는 포위망 속에 갇힌 수많은 사슴과 산양들은 피를 내뿜으며 쓰러져 갔다. 짐승들의 헐떡거리는 거친 숨소리, 내뿜는 선혈, 고통과 절망으로 내지르는 울부짖음은 타오르는 흥분과 쾌락에 기름을 더 끼얹는 것 같았다. 장이족들은 닥치는 대로 베고 찌르면서 짐승들을 쓰러뜨렸다. 그것은 이미 식량을 얻기 위한 노동이 아니라 살아 있는 것들을 마구잡이로 죽이면서 벌이는 유희와 같았다.

장이족의 사내 중 분출하는 흥분과 쾌락의 와중에 휩쓸려들지 않는 사람이 있었다. '많은 생각'이었다. 부족의 사내들이 짐승들을 마구잡이로 죽이는 것을 보면서 그는 이상하게 마음이 불편했다. 물론 그가 사냥에 익숙하지 않은 것은 아니다. 전쟁과 사냥에 참여하는 것은 평원과 숲 부족 사내들이라면 피할 수 없는 일이다. 더구나 그는 뭐든 앞장서야 할 족장의 아들이다.

전쟁이야 좀 다르지만, 숲이나 산 속에서의 사냥에 마음이 불편했던 적은 없었다. 그 때는 물론 그런 것을 생각할 여유조차 없었다. 잽싸게 도망가고 때로는 역공을 하기도 하는 맹수들과의 승부는 한시도 방심을 허용하지 않았기 때문이다. 하지만 이 섬에서는 다르다는 생각이 들었다.

'이건 아니야, 이렇게 해서는 안 돼!'

그는 쓰러져서 피를 흘리며 애처롭게 끔벅이는 사슴의 눈을 들여다보며 묵직하게 가슴을 누르는 통증을 느끼고 있었다.

수많은 짐승들이 별 저항도 없이 쓰러지는 것을 보면서 공격욕에서 비켜 선 사람이 하나 더 있었다. '회색 늑대'였다. 그는 상황을 종합적으로 보는 지도자다운 통찰과 안목으로 이 상황이 뭔가 문제가 있다는 것을 직감했다.

그러나 달아오를 대로 달아오른 사람들의 흥분은 그로서도 제지하기가 쉽지 않았다. 제지할 뚜렷한 명분도 없었다. 사냥을 하려고 사냥터에 왔고 열심히 사냥을 하고 있는 셈이니까. 자기들이 살았던 곳에서는 당연한 일이니까. 많이 잡는 것은 그 자체로 용감한 사내라는 명예를 얻는 일이니까. 그리고 '회색 늑대'야말로 사냥터에서 살아온 사람이었다.

장이족들은 쓰러진 짐승들에 달려들어 목을 찔러 아직 뜨거운 피를 마시고, 배를 갈라 김이 오르는 심장과 간을 씹었다. 사냥의 절정이라고 할 수 있는 이 행위는 '회색 늑대'의 머릿속에서 그런 생각들을 몰아내 버렸다. 쫓겨 내려오다 주춤대는 가장 큰 수사슴에 달려들어 목에 단도를 꼽은 사람은 바로 그 자신이었다.

피와 날고기로 허기를 끈 장이족들은 사냥의 순서대로 불을 피웠다. 연한 부위를 사냥터에서 구워 먹는 것은 그들의 오랜 전통이었다. 급하게 피운 불길이 날름거리며 타올랐다. 그들은 사슴과 산양의 내장과 허벅지 등 연한 부위를 칼과 창에 꿰어 구웠다. 사냥물이 산더미처럼 쌓였는데, 그중 일부의 고기만으로도 배가 불렀다.

잔뜩 배를 채운 장이족들은 사냥물을 챙겼다. 큰 짐승은 두 명이 통나무를 이용하여 운반하고, 작은 것은 한 명이 걸머졌다. 죽인 짐승들이 너무 많아서 다 가져갈 수 없었다. 장이족들은 늙어서 고기가 질긴 것들이나, 내장이나 허벅지 살을 많이 도려낸 짐승들을 버려 둔 채 사냥터를 떠났다.

12장

이 '사냥 사건'은 단이족들에게 엄청난 충격으로 받아들여졌는데, 그것은 단순한 충격이 아니라 그들로서는 생각할 수도 없는 전혀 새롭고 낯선 일이었다.

단이족들은 먹기 위해서 꼭 필요한 수만큼만 사냥을 했고, 사냥을 한 고기를 뼈까지도 소중하게 사용했다. 그것이 자신들을 위해 죽은 짐승들에 대한 예의라고 간주했다. 사슴과 산양은 자신들과 함께 섬에서 살아가야 할 존재였으며, 이런 귀중한 생명들을 먹을 수도 없을 만큼 마구잡이로 사냥하고 남은 고기를 숲에다 버려두는 것은 상상할 수도 없는 일이었다. 단이족들은 사냥을 하기 전에 자신들로 인해 죽음을 당할 생명들의 영혼을 위해 정성스러운 기도를 드리기도 했다.

사냥 중에 일어난 일로 단이족을 놀라게 한 사건이 하나 더 있었다. 장이족은 신경도 쓰지 않고 지나친 일이었는데, 고기를 구워 먹다 숲에 불을 낸 일이었다. 바나나나무와 야자나무 몇 십 그루를 태우는 정도에서 불길은 잡혔다. 다행히 바람이 없는 날이었고 우기가 끝난 지 얼마 되지 않아 숲의 풀과 나무들이 잔뜩 습기를 머금고 있었기 때문에 큰불로 이어지진 않았다.

숲에서 불을 피우는 것. 그것 또한 단이족에게는 금기 중의 금기였다. 이 섬에서 숲은 그들에게 바다 못지않은 중요한 생명의 터전이었다. 숲은 주식이 되는 열매들을 맺게 해 주고 소중한 고기를 주는 생명들을 품어 길렀다. 가끔 태풍이나 벼락 같은 자연 재해가 숲에 손상을 주기도 했지만, 부족민들이 스스로 숲을 상하게 하는 일은 있을 수 없었다. 따라서 불 사용은 엄격하게 통제되었는데, 취사를 하는 거주지나 전혀 실화(失火)의 위험이 없는 광장과 같은 장소에서만 불을 피울 수 있었다. 이런 단이족에게 장이족이 숲에서 불을 피우다가 불을 낸 사건은 동물들을 마구 죽인 것만큼이나 큰 충격이 아닐 수 없었다.

이런 사건들이 있은 뒤에 단이족을 사로잡은 감정은 그들이 지금까지 경험해 보지 못한 새롭고 낯선 것이었다. 수천 명에 이르는 부족민들이 함께 살아가는 섬에서의 삶이 갈등이나 문제가 전혀 없을 수는 없었다. 자연이 주는 고통도 그렇지만 욕망이 적절하게 조절되지 못해 서로의 의견과 감정이 충돌하기도 했는데, 그런 사태에서 그들은 주로 슬픔이나 화남 등의 감정을 느꼈다. 그러나 이번의 경우처럼 그들을 강렬하게 사로잡은 비통이나 분노의 감정은 전혀 낯선 경험이었다.

'사냥 사건'은 거대한 파도처럼 단이족 마을을 덮쳤다. 흥분한 젊은이들은 떼를 지어 장이족의 마을로 몰려갈 기세였다. 자신들이 얼마나 화가 났는지를 보여 주고 이번 사건의 책임을 물어야 한다는 것이다. 나이 든 사람들 축은 좀 더 신중하게 일을 처리하자고 젊은이들을 만류했다.

족장 '키가 큰 사슴'을 중심으로 해 각 마을의 사제들이 머리를 맞대었다. 그들이 내린 결론은 첫째, 이번 사건의 심각성을 장이족들에게 알려 주고 다시는 이런 일이 일어나지 않도록 요구할 것. 둘째, 잘못을 저질렀을 때는 일정한 책임을 지는 섬의 전통에 따라 책임을 지도록 요구할 것. 이 두 가지였다.

사건의 심각성을 장이족들에게 알리는 일은 '키가 큰 사슴' 과 사제들이 맡기로 했다. 그 동안 장이족들의 말을 상당히 익힌 '정신 차리고 걸어'가 동행하기로 했다. '정신 차리고 걸어'는 처음 장이족들을 만난 인연으로 자주 그들과 어울렸고, 그러다 보니 두 부족을 연결하는 통역 비슷한 역할을 하고 있었다.

책임 문제도 그 자리에서 제시할 것이었다. 이번 사태에 큰 책임이 있는 자들이 한 달 동안 산 속 동굴로 가서 반성해야 한다는 것이 단이족이 내린 징벌이었다. 최소한 열 명 이상이 그 처벌을 받아야 하며, 그들은 물과 간소한 양식만 가지고 따로따로 동굴에서 지내야 하는 조건을 지켜야 한다.

이것은 단이족의 전통적인 징벌 방식인데, 강제적인 것이라기보다는 잘못을 한 사람 스스로의 선택에서 비롯되어 굳어진 것이었다.

자연과 양식을 공유하고 서로의 마음과 몸을 상하지 않게 해야 한다는 섬의 질서를 어겼을 때, 돌아오는 직접적인 처벌은 바로 '외면'이었다. 단이족 사람들은 잘못을 한 사람에게 말을 걸지 않고 바로 바라보지도 않으며 외면했다. 그러면 당사자는 물과 양식을 갖고 동굴에 들어가 스스로의 잘못을 생각하며 반성을 하는 것이었다.

그 반성의 시일은 이 전통이 오래 누적되면서 자연스럽게 조정되었다. 음식을 버리면 하루, 먹는 물을 오염시키면 사흘, 새의 알을 구워 먹으면 한 알에 하루씩, 그런 식이었다. 가장 긴 시일에 해당하는 잘못은 진실이 아닌 말로 상대를 해치는 것으로, 한 달이었다. 장이족이 저지른 잘못은 이제껏 단이족이 경험하지 못한 것이어서 해당되는 처벌 또한 없으므로 지금까지의 벌칙 중 가장 긴 시일을 적용하기로 했다.

장이족의 마을을 방문한 '키가 큰 사슴' 일행은 '회색 늑대'의 처소로 안내되었다. '키가 큰 사슴'은 부족을 대표해 왔노라고 밝히고 말했다.

"친구여, 우리는 그대들을 따뜻하게 맞이해 먹을 것을 주고잘 곳을 마련해 주었다. 돌아갈 곳이 없는 그대들에게 우리가사는 이 아름다운 섬의 좋은 자리를 내주고 집을 지어 주기도했다. 그런데 어찌하여 그대들은 이런 식으로 행동하는가. 사슴과 산양을 마구잡이로 사냥하고 숲을 태우는 것은 있을 수 없는 짓이다. 다시는 이런 일이 있어서는 안 될 것이다. 우리는 이번 일에 책임이 있는 자들이 진심으로 반성할 것을 요구한다."

'정신 차리고 걸어'의 부실한 통역으로도 대강의 뜻을 알아들은 '회색 늑대'는 목소리를 가다듬고 대답했다.

"이번 일은 오해에서 비롯되었다. 사냥을 하고 숲에서 고기를 구워 먹는 것은 우리 부족의 오랜 생활 방식이다. 나무를 태운 것은 실수에 불과하다. 앞으로 그대들의 생활 습관을 존중하도록 노력할 것이다."

'회색 늑대'의 대답을 들은 '키가 큰 사슴'은 단이족들이 정한 징벌의 방식을 밝혔다. '회색 늑대'는 입을 꾹 다물고 듣기만 했다.

'키가 큰 사슴' 일행이 돌아가자 이번에는 장이족의 마을이 벌집을 쑤신 듯 들끓었다. 장이족은 심각한 모욕감을 느꼈다.
승자의 힘이 곧 법이고 질서인 땅에서 살아온 그들이다. 그들
의 법칙에 따르면, 요구는 승리자만이 할 수 있는 것이다. 더구
나 사람의 몸에 대한 요구는 승리자가 패배자에게 치욕을 안겨
줄 목적으로 하는 것이다. 자신의 승리감을 만끽하기 위해서
말이다. 비록 신체 일부를 절단하거나 목을 베는 등의 가해는
아니었지만, 그것이 상대 부족의 요구인 한 받아들여서는 안
되는 것이었다.

흥분한 젊은 층들은 팔을 걷고 목소리를 높였다.

"받아들여서는 안 된다."

"우리의 힘을 보여 줘야 한다."

"부족의 명예를 지켜야 한다."

이런 주장들을 하는 자들의 맨 앞에 족장의 큰 아들 '매 발
톱'이 있었다.

나이 든 사람들을 중심으로 신중한 태도를 취하는 자들도
있었다.

"저들은 우리의 열 배가 넘는 숫자다."

"저들은 우리에게 큰 도움을 주었다. 싸움은 피해야 한다."

"이 섬에서는 그들의 규율도 존중해 줘야 한다."

이런 주장들을 하는 자들의 앞자리에는 족장의 둘째 아들

'많은 생각'이 있었다.

'회색 늑대'는 그들의 격론을 잠자코 들었다. 결론을 내리기 전에 할 말은 충분히 하게 하는 것이 좋다는 것을 오랜 경험으로 알고 있었다. 시간이 지나도 여전히 두 갈래 의견은 팽팽하게 맞서고 있었다. 그들의 의견은 이제 더 들어볼 것도 없이 명백했지만 '회색 늑대'는 여전히 그들이 떠들도록 내버려 두었다. 자신 때문이었다. 자신의 마음 속에서도 두 생각이 싸우고 있었다. 어느 쪽이든 결정을 하기가 쉽지 않았다.

큰 아들이 중심이 된 성급한 젊은이들의 의견을 따르면 단이족들을 공격해야 한다. 그 강도(強度)는 단이족들이 다시는 자신들의 행동에 이의를 제기하지 못할 정도의 타격이 되어야 할 것이다. 자신도 그런 생각이 없는 것은 아니었다. 그것은 치욕을 용납하지 않는다는, 부족의 오랜 전통을 지키는 것이 된다. 그리고 젊은이들의 말 속에 은밀하게 스며 있는 지배의 욕망, 그 욕망이 자신의 마음 속에서도 머리를 드는 것을 '회색 늑대'는 느끼고 있었다.

그러나……, '회색 늑대'는 마음 속으로 머리를 저었다. 둘째 아들이 앞장 선, 신중한 자들의 주장처럼 저들은 자신들의 열 배가 넘는 숫자다. 비록 저들이 조잡한 무기를 갖고 있고 전투에는 익숙하지 않는 자들이라도 열 배라는 숫자는 감당하기 어렵다. 더구나 오랜 항해로 허약해진 몸을 아직 완전히 회복하지 못했다.

그것뿐만이 아니다. 싸움에는 몸 못지않게 마음도 중요하다. 마음이 강한 적개심이나 공격욕으로 무장되어야 전투력이 배가된다. 그 점에서도 문제가 있다. 저들은 지금까지 우정과 친절만을 베풀었다. 그런 자들을 공격하는 것은 아무래도 내키지 않는 일이다. 그것은 '회색 늑대'의 마음 한 구석에도 자리하고 있는 생각이다. 부족민들 중에서도 이런 공격을 원하지 않는 자들이 상당수 있을 것이다. 이럴 때 높은 사기나 강력한 전투력을 기대할 수는 없다.

그는 최종적으로 머리를 저었다. 전투란 통일된 힘으로 단결하는 것이 중요하다. 자신의 마음마저도 통일되어 있지 못하고 부족민들도 이렇게 통일되어 있지 못한 상태에서 승리하기는 어렵다. 더구나 여러 상황을 고려할 때 쉬운 것도 아니지 않은가.

'회색 늑대'는 눈을 뜨고 입을 열었다.

"이 곳은 그들의 땅이었다. 그들의 법을 어겼으니 그들의 의견을 받아들이기로 한다. 우리들의 땅에서는 치욕이지만 이 곳에서는 치욕이 아니다."

모여 선 젊은이들 사이에서 웅성거리는 소란이 일었다. '회색 늑대'는 큰 아들 '매 발톱'을 지그시 바라보며 낮지만 강한 목소리로 말을 이었다.

"우리가 그들에게 굴복하는 것은 아니다. 다만, 지금은 때가 아니다."

그렇게 해 '사냥 사건'은 장이족의 병사 열 명이 동굴에서 한 달을 보내는 것으로 마무리되었다.

그러나 '회색 늑대'의 마음 속에서도 그렇게 마무리된 것은 아니었다. '회색 늑대'는 이런 사태가, 즉 섬의 두 부족이 갈등을 일으키고 충돌로까지 번질 수 있는 사태가 언제든지 다시 올 수 있다는 사실을 깨달았다. 앞날을 대비하는 것은 족장의 몫이다. 며칠을 두고 생각한 '회색 늑대'는 부족의 여자 중에서 가장 자색(姿色)이 뛰어난 처녀를 하나 선발했다. 그녀는 족장 부인의 시녀인 '긴 눈썹'이었다.

다음 날 '회색 늑대'는 '정신 차리고 걸어'를 은밀하게 족장의 숙소로 불러들였다.

"그대가 우리 부족에게 큰 공을 세웠기에 내가 상을 주려고 한다."

'회색 늑대'는 뒤에 서 있는 '긴 눈썹'에게 눈짓을 했다. 그녀가 앞으로 나서자 짙은 사향 향기가 '정신 차리고 걸어'의 코를 찔렀다.

"공이 큰 사람에게 여자를 상으로 내리는 것이 우리 부족의 전통이다. 이제 이 여자는 그대의 사람이니 가까이 하여 즐거움을 누리도록 하라."

'긴 눈썹'은 한 걸음 나서며 '정신 차리고 걸어'에게 깊이 고개를 숙였다. 사향 향기와 그녀의 긴 속눈썹이 '정신 차리고 걸어'를 아찔하게 만들었다.

'회색 늑대'가 준비한 선물은 하나가 더 있었다. '회색 늑대'는 얼떨떨한 얼굴로 서 있는 '정신 차리고 걸어'의 눈앞에 허리에 찬 것을 풀어 내놓았다. 그것은 금박을 입힌 칼집에 옥을 별처럼 박은, 그가 아끼는 단도(短刀)였다. 단도를 본 '정신 차리고 걸어'는 눈이 휘둥그렇게 변했다. 돌칼이나 돌도끼만 봐 오던 그에게 장이족들의 칼이나 창은 놀랍고 신기한 것이었다. 특히 족장이 허리에 차고 있던 이 단도는 굉장히 호사스러워 한 번만이라도 만져 보고 싶었다.

'회색 늑대'는 미소를 지으며 말했다.

"자, 이것은 내가 특별히 주는 선물이다. 그대를 믿는다는 표시로 주는 것이니 받도록 해라."

'이게 내 것이 된다니!'

'정신 차리고 걸어'는 정말 놀라지 않을 수 없었다. '회색 늑대'는 '정신 차리고 걸어'의 손에 직접 단도를 쥐어 주었다. 비로소 정신을 수습한 '정신 차리고 걸어'는 족장 앞에 무릎을 꿇었다.

"정말로 감사합니다. 앞으로 무엇이든지 시켜만 주시면 힘껏 하겠습니다."

'회색 늑대'는 자신 앞에 엎드린 '정신 차리고 걸어'의 등을 내려다보며 흐뭇한 미소를 지었다.

그는 이 자를 자기 부족의 눈과 귀로 삼을 작정이었다. 상대를 샅샅이 들여다본다면 이미 반 이상 이기는 셈이다. 상대를 알자면 상대의 심장에 이쪽의 사람을 심는 것 이상 좋은 방법이 없다. 그리고 가장 안전한 이쪽의 사람이란 저쪽이면서 이쪽을 위해 일하는 자이다. 바로 이 자처럼.

단이족인 이 자를 장이족의 사람으로 만든다면 앞으로 어떤 상황이 되더라도 효과적으로 대처할 수 있을 것이다. 여자와 칼이 아깝지 않은 것은 아니지만, 사람을 하나 온전히 자기 것으로 만들려면 그 정도는 주어야 한다는 판단이었다.

한 달이 지나 산으로 올라간 병사들이 별 탈 없이 돌아오자 장이족 젊은이들의 흥분도 가라앉았다. 단이족은 물론이고 장이족도 불필요한 충돌을 원하지는 않았기에 평화로운 날들이 흘러갔다.

13장

우리는 이리 들었노라

그렇게 마무리된 '사냥 사건'으로부터 네 달 가량의 시간이 흘렀다. 그 기간은 단이족에게는 단순한 평화의 시간이었지만, 장이족에게는 타오르는 불씨를 지켜 보는 초조한 불안의 시간이었다.

그들의 부족이 매년 치르는 가장 큰 행사인 부족 제사가 하루하루 다가오고 있었던 것이다.

조상신인 늑대신에게 올리는 제사는 한 해 중 가장 밤이 긴 그믐날 자정에 올려졌다. 그들은 그 날 그 시간을 늑대신이 가장 활동하기 좋은 때라고 생각했다. 늑대신에게 희생물을 바치고 정성을 올리며 그들은 용맹과 풍족한 사냥감을 내려달라고 빌었다.

그들에게 부족 성년 남자가 모두 참여하는 이 제사는 부족의 운명에 직결되는 중요한 행사였다. 문제는 이 제사에 꼭 필요한 희생물(犧牲物)이었다. 그 희생물은 남자와 전혀 접촉을 하지 않은 소녀여야 했다.

평원에서 희생물을 얻는 방식은 대부분 다른 부족의 소녀를 산이나 들판에서 포획해 오는 것이다. 다른 부족들도 비슷한 방식으로 여러 동물의 조상신을 모시고 희생물을 올리는 제사를 지낸다. 희생물 얻기가 여의치 않으면 전쟁을 벌이기도 한다. 전쟁에 지는 경우는 족장의 딸 같은 높은 신분이 희생물이 되기도 한다.

희생물 얻기가 정 어려우면 자신의 부족과 다른 부족의 희생물을 맞바꾸기도 한다. 그러나 자신의 부족을 희생으로 올리는 경우는 없다. 그것은 사냥과 포획의 풍요를 비는 제사의 취지와 맞지 않기 때문이다. 아무튼 희생물이 없는 제사는 생각할 수 없었다.

제사가 열흘 앞으로 다가왔을 때 '회색 늑대'는 결단을 내렸다. 다른 방법이 없었다. 이 섬에서 자신의 부족이 아닌 부족은 단이족밖에 없었다. 그는 날쌔고 용기 있는 젊은 병사 둘을 불렀다. 많은 수는 노출될 위험만 있다는 판단이었다.

족장의 지시를 받은 병사들은 다음 날부터 섬의 이곳 저곳을 늑대의 눈으로 살피며 돌아다녔다. '모든 일은 감쪽같이 해내야 한다. 아무 증거도 남기지 말아야 한다. 의심을 받더라도 증거가 없으면 어떻게 할 수 없을 것이다.' 족장의 지시는 대강 그런 것이었다.

엿새 째 되는 날, 드디어 기회가 왔다. 그 날은 건기의 날씨로는 드물게 비바람이 섬에 휘몰아친 날이었다. 대낮에 갑자기 서쪽 하늘을 메우며 먹구름이 몰려오고 나무들의 허리를 휘게 하는 바람과 함께 소나기가 몰아쳤다.

장이족의 두 병사는 그 기회를 놓치지 않았다. 야자나무 숲에서 단이족의 한 소녀를 납치할 수 있었던 것이다. 다른 아이들보다 더 깊이 숲으로 들어와 열매를 따던 소녀가 막 돌아가려는 참이었다. 소녀는 소리 없이 등 뒤로 다가온 병사들에게 붙잡혀 눈이 가려지고 입이 막혔다. 병사들은 밧줄로 소녀를 묶어 둘러업고 미리 마련해 둔 장소로 달렸다.

그 곳은 장이족의 마을 뒤 구릉 밑을 파서 만든 인공 동굴이었다. 입구 주변을 흔히 널려 있는 바위로 가리면 감쪽같이 보이지 않았다. 천연 동굴이 있는 화산암 지대가 아니기에 누구도 그 곳에 그런 동굴이 있으리라고 생각할 수 없었다.

'회색 늑대'가 섬에 무수히 많은 천연동굴을 마다하고 굳이 새로운 동굴을 판 이유가 있었다. 소녀가 실종된 것을 알면 단이족들은 섬을 샅샅이 뒤질 것이다. 섬의 지리를 손바닥처럼 꿰고 있는 그들의 눈을 피할 수 있는 장소란 없다고 봐야 한다. 제물을 가두어 둘 안전한 장소란 스스로 만드는 장소일 수밖에 없었다.

소녀를 동굴에 가둔 병사들은 소녀의 옷가지와 광주리를 숲에서 가장 가까운 바닷가 바위에 걸쳐두었다. 물론 바다에 들어간 소녀가 파도에 쓸려 실종되었다는 식으로 꾸미기 위해서였다.

소녀가 갇힌 날 오후, 한 사람이 더 갇혔다. '많은 생각'이었다. 그는 족장의 명령으로 밖에서 문이 잠긴 자신의 숙소에 갇혔다.

그 날, 소녀가 두 병사에게 붙잡혀 온 것을 알게 된 '많은 생각'은 족장의 숙소로 뛰어들었다.

"아버지, 안 됩니다."

"네가 나설 일이 아니다."

"이 섬은 사냥도 전쟁도 필요가 없습니다. 늑대신에게 용맹을 빌지 않아도 됩니다."

"부족의 전통이다. 중단할 수는 없다."

"이제 버려야 합니다. 이건 살인일 뿐입니다."

"네 이놈!"

'회색 늑대'는 손에 잡히는 대로 집어던졌다. 목침에 맞은 '많은 생각'의 이마에서 핏줄기가 흘러내렸다. 피를 흘리면서도 '많은 생각'은 주장을 굽히지 않았다.

"저 소녀를 죽여서는 안 됩니다."

"물러가라!"

"막을 겁니다!"

"물러가라니까!"

"은혜를 원수로 갚아서는 안 됩니다. 이건 있을 수 없는 일입니다!"

'많은 생각'이 소리치며 뛰어나가자마자 '회색 늑대'는 사람을 외쳐 불렀다. '매 발톱'이 뛰어들었다.

"네 동생을 잡아라. 제사가 끝날 때까지 가둬야겠다."

"알겠습니다."

짧게 대답한 '매 발톱'이 단호한 얼굴로 뛰어나갔다. '많은 생각'은 소녀가 갇힌 동굴 앞에서 뒤쫓아온 '매 발톱'과 병사들에게 잡혀 묶이고 말았다.

소녀의 실종 소식은 그 날 밤이 지나기도 전에 단이족 마을에 쫙 퍼졌다.

다음 날 눈에 잘 띄는 바닷가 바위에서 소녀의 옷과 광주리가 발견되었다. 야자열매를 따러 간 소녀의 바구니에 야자열매는 하나도 없었다. 누구도 소녀가 바다로 들어가 휩쓸려 갔다는 것을 믿을 수 없었다. 바위가 많은 그 곳은 수영할 장소도 아니고, 실종된 날은 수영을 할 날씨도 아니었다. 단이족들은 모두 일손을 놓고 섬을 샅샅이 뒤졌다. 산의 모든 동굴과 분화구를 살펴보았다. 분화구에 고인 물은 깊지 않고 아주 맑아서 바닥까지도 훤히 들여다보였다. 어디에도 소녀는 없었다.

다음 날 밤까지도 소녀가 나타나지 않자, 단이족들은 무서운 혼란에 빠져들었다. 그들은 이 현실을 도저히 이해할 수가 없었다. 고기를 잡으러 바다로 나가 물에 빠져서 파도에 휩쓸려 가는 경우를 제외하고는 사람이 감쪽같이 사라진다는 것은 있을 수 없는 일이었다. 사라진 이유를 짐작도 할 수 없기에 혼란은 가중되었다. 신에게 희생물을 바치는 제사가 없는 그들로서는 당연한 일이었다.

그들도 신을 가지고 있기는 했다.

해와 달과 바다와 바람을 신으로 섬겼다. 산과 나무와 바위도 신으로 대접했다. 조상들도 신이 되어 자신들 곁에 있다고 믿었다. 그리고 이 모든 것들 위에 '위대한 정령(Great Spirits)'이 있다고 믿었다. 그 신들을 대하는 방식도 장이족과 달랐다. 섬 사람들은 누구나 자기 마음 속에서 신들을 만난다고 믿었다.

신을 만나고 싶으면 마음을 맑게 하고 신을 초대하면 되는 것이다. 마음을 맑은 상태로 잘 유지할 수 있는 곳은 조용한 들판이나 산 속이었다. 그러므로 신을 만나고 싶은 사람은 혼자 조용한 곳을 찾아갔다. 동굴 속에서 혼자 있는 것으로 징벌을 대신하게 한 것도 혼자 신을 마주하고 스스로의 잘못을 빌라는 의미도 있는 것이다. 그런 그들이 소녀의 실종을 신에게 올리는 제사와 연관시켜 생각한다는 것은 애초에 불가능한 일이었다.

소녀가 납치되어 있던 날들은 단이족에게는 혼란의 시간이었지만, 장이족에게는 불안의 시간이었다. 소녀가 납치된 것을 단이족이 알게 된다면 어떤 사태가 벌어질지 알 수가 없었다. 증거를 남기지는 않았지만, 제사를 올리는 날까지는 안심할 수 없는 일이었다.

마침내 그 날이 왔다. 장이족은 자정이 가까워지기를 기다려 소녀를 동굴에서 끌어냈다. 자신에게 닥친 현실을 본능적으로 직감한 소녀는 공포로 거의 넋이 나간 상태였다. 126명의 사내들은 소녀를 데리고 섬에서 가장 깊은 숲 속으로 들어갔다. 그런데 이 126명 중에는 한 명의 장이족 사내가 빠진 대신, 한 명의 단이족 사내가 들어가 있었다. 빠진 장이족 사내는 '많은 생각'이고 들어간 단이족 사내는 '정신 차리고 걸어'였다. '정신 차리고 걸어'는 족장의 허락을 얻어 양쪽 귀에 귀걸이까지

하고 있었다. '회색 늑대'는 자신들의 부족의 제사에 '정신 차리고 걸어'를 참여시킴으로써 그를 온전히 자기 부족의 사람으로 만들어 버릴 심산이었다.

사내들은 바위를 옮겨 만든 제단 위에 소녀를 올려 앉혔다. 제단 앞에 족장이자 제관인 '회색 늑대'가 서고, 그 뒤에는 그를 도와 줄 사내들 네 명이 섰다. 나머지는 그들 뒤의 바닥에 무릎을 꿇고 앉았다.

마침내 그들이 기다리던 시간이 되고 '회색 늑대'는 신을 부르는 그들의 주문을 세 번 반복했다. 신이 왔음을 알리는 신호가 '회색 늑대'의 목구멍에서 긴 휘파람으로 울려 나왔다. 뒤에 선 사내가 날이 잘 선 단도를 '회색 늑대'의 손에 들려 주었다. '회색 늑대'는 제단 위에 쓰러져 있는 희생물을 일으켜 세우고 단도를 높이 들었다.

이 시각 숙소에 갇힌 '많은 생각'은 벽에 머리를 짓찧으며 울부짖고 있었다. 차라리 자신이 희생물이 되어 칼을 받으면 좋을 것 같았다.

이 밤이 지나면 이제 섬은 돌이킬 수 없는 길로 들어설 것 같았다. 그것은 자신이 태어나 자란 평원에서 익숙하게 보아 온 삶의 방식이었다. 죽이고, 죽고, 사랑하는 사람의 목숨마저 불구덩이에 던져두고 도망쳐야 하는 그런 삶 말이다. 더불어 알

맞게 일하고 같이 나누고, 남는 시간 춤과 노래와 이야기의 축
제로 즐기는 이 섬의 삶은 이제 끝나 버릴 것이다. 울부짖던
'많은 생각'은 터진 이마에서 흘러내린 피로 얼굴과 가슴이 흠
뻑 젖은 채 쓰러졌다.

　제사는 빠르고 조용히 진행되었다. 자신들의 숲에서라면 희
생물을 올린 후 요란한 춤을 추고 노래도 불렀겠지만, 여기에
서 그것은 생략되었다. 제사를 마친 장이족의 사내들은 숲으로
갈 때처럼 조용히 마을로 돌아왔다.

14장

그렇게 묻히는 듯했던 소녀의 실종 사건은 엉뚱한 방식으로 밝혀지고 말았다.

바나나나무가 밀생한 곳에서 잘 자라는 무지개버섯을 따러 숲으로 들어간 단이족의 한 사내에 의해서였다. 그가 발견한 것은, 나중에 밝혀졌는데, 대퇴부의 뼈였다. 장이족들은 희생물의 잔해를 땅에 묻었는데, 깊이 묻히지 않은 뼈를 짐승이 헤집어 놓은 것이었다.

그것이 어떤 짐승의 뼈와도 같지 않다는 사실을 발견한 사내는 뼈를 마을로 가져왔고, 곧 마을 사람들은 그 뼈가 사람의 뼈라는 것을 알아 낼 수 있었다. 숲으로 몰려간 사람들은 소녀의 남은 뼈와 살점들을 찾을 수 있었다. 사람들은 그것들을 거두어 마을로 돌아왔다.

광장에 빙 둘러선 단이족의 한가운데에 잘리고 찢긴 뼈와 살들이 흩어져 있었다. 뼈와 살은 그 자체로 명백한 증거였다. 뼈에 그렇게 예리한 자국을 낼 수 있는 것은 장이족의 칼이었다. 둘러선 사람들의 입에서 지금까지 들어볼 수 없었던 고통스러운 신음이 흘러나왔다.

그 날로 '회색 늑대'는 자신들의 행위가 발각되었다는 사실을 알았다. 장이족의 눈과 귀가 된 '정신 차리고 걸어'의 입을 통해서였다. 이제 사태는 단순히 동굴에 가서 근신하는 정도로 끝나지 않을 것이었다. '회색 늑대'는 단이족의 움직임에 신경을 곤두세웠다. 은밀하게 장이족과 단이족 마을을 오가는 '정신 차리고 걸어'의 발걸음이 한층 급박해졌다.

사흘이 지나도록 단이족은 장이족에게 공개적인 대응을 하지 않았다. 그 사흘 동안 단이족 안에서 장이족의 처벌을 두고 격론을 벌이고 있다는 것을 '회색 늑대'는 알고 있었다.

가장 책임이 무거운 자 한 명을 갈매기섬으로 보내자는 제안이 가장 유력하다는 것도 파악되었다. 섬에서 멀리 바라보이는 갈매기섬은 섬이라기보다는 새똥으로 뒤덮인 바위일 뿐이었다. 그 곳으로 보내진다는 것은 곧 죽음을 의미한다.

'회색 늑대'는 이제 결단을 내려야 한다고 생각했다. 족장인 자신이 자신의 부족민을 죽도록 내버려 둘 수는 없는 일이다. 더구나 부족의 신을 모시는 제사를 위해 자신의 명령을 수행한 부하를 내줄 수는 없다. 그것은 족장의 권위에 치명적인 손상을 입힐 것이다.

오래 앉아 생각을 하던 '회색 늑대'는 다리를 풀고 일어섰다. 그림자처럼 '회색 늑대'를 따르는 참모인 '빠른 머리'가 바람처럼 달려나갔다.

다음 날, 서쪽 하늘에 걸린 칼날처럼 여윈 초승달마저 사위어 가는 깊은 밤, 난데없이 산 중턱의 야자나무 숲에서 불길이 치솟았다.

사납게 솟아오른 그 불길은 거대한 뱀의 혀처럼 날름거리며 타올랐다. 처음 불길을 발견한 단이족 사람은 평소보다 야자열매 술을 많이 마시고 잠든 탓에 오줌을 누려고 집 밖으로 나왔던 사내였다. 그는 멀리 올려다 보이는 산 중턱에 불길이 어둠을 물어뜯으며 하늘로 검붉게 솟구치는 것을 발견하고 넋을 잃었다.

'야자나무 숲이다!'

오줌을 다 누지도 못한 채 굳어 있던 그는, 마을 가운데로 달려가며 목이 터져라 외쳐 댔다.

"불이다! 야자나무 숲에 불이다! 불이다! 숲에 불이 났다!"

그의 외침은 잠에 빠졌던 단이족의 마을을 뒤흔들었다. 머리를 흔들며 집 밖으로 쏟아져 나온 사람들은 검붉게 타오르는 하늘을 보고 입을 쩍쩍 벌렸다. 충격 속에서도 사태를 파악하고 재빠르게 반응하는 사람들이 있었다.

"불을 꺼야 한다!"

"다른 마을에도 알려야 한다!"

곧 몇 사람이 다른 마을로 통하는 오솔길로 내달렸고 나머지 사내들은 긴 나뭇가지나 막대기, 그물 등 손에 잡히는 대로 들고서 숲으로 달리기 시작했다.

거의 비슷한 시각에 다른 마을들에서도 불길을 발견했다. '회색 늑대'가 신중하게 고려한 대로, 밤이 깊었다고는 하나 아직은 마을마다 집 밖에 나와 있는 사람이 한두 명쯤 있을 법한 시각이었던 것이다.

그리 멀지 않은 오솔길을 달리던 사내들은 곧 만나게 됐다. 그리고 모두 함께 발길을 돌려 야자나무 숲으로 내달렸다. 섬 동남쪽에 몰려 있는 단이족 마을에서 북서쪽 산자락의 야자나무 숲까지 가는 지름길은 하나였다. 장이족의 마을 뒤, 낮은 구릉들이 물결처럼 연이어진 바나나나무 숲을 가로지르는 길이었다.

그 지름길이 끝나는 곳, 불타는 야자나무 숲 바로 앞의 양쪽 언덕에 눈을 날카롭게 빛내며 숨어 있는 자들이 있었다. 장이족의 사내들이었다. 그들이 쥐고 있는 칼과 창에 불길이 반사되었고, 이는 뱀의 혀처럼 번들거렸다.

마침내 길 저쪽이 어지러운 발소리와 안타까운 비명으로 소란스러워졌다. '회색 늑대'는 어둠 속에서도 그 소리가 단이족의 사내들 것임을 잘 알고 있었다. 앞서서 달리는 사내들의 무리가 장이족이 쳐 놓은 덫으로 달려들었다. '회색 늑대'는 잠시 숨을 고르고 기다렸다. 매복은 중심이 완전히 덫 안으로 걸려들 때까지 기다려야 한다는 것을 그는 잘 알고 있었다.

'이 때다!'

그는 벌떡 일어서며 소리쳤다.

"공격이다!"

"와아!"

족장의 공격 신호를 기다리던 장이족 사내들이 무서운 함성을 지르며 달려나갔다. 언덕을 쏟아져 내려간 장이족은 단이족의 허리를 잘라 버렸다.

단이족 사내들은 무서운 혼란에 빠졌다. 코앞에서는 자신들의 목숨과 같은 야자나무 숲이 불길에 휩싸여 있었다. 그런데 어둠 속에서 갑자기 무기를 든 장이족이 뛰쳐나온 것이다. 사나운 파도를 연이어 맞은 꼴이었다.

단이족의 사내들은 도저히 감당할 수 없는 충격으로 일종의 공황 상태에 빠져버렸다. 눈앞에서 벌어진 일을 현실로 받아들일 수가 없었다. 충격으로 무방비 상태에 빠진 단이족을 장이족은 사납게 공격했다. 베고 찌르고 자르는, 무차별한 살육이 시작되었다.

앞서서 달려왔던 젊은 사내들은 칼과 창에 찔려 쓰러졌다. 뒤이어 달려온 사람들도 마찬가지였다. 불길은 더 거세게 치솟아 하늘을 검붉게 태우고 있었다. 그 불길 아래서 피와 비명과 괴성이 뒤범벅된 살육은 계속되었다.

이 시각, 숙소 입구를 막은 나무 문에 온몸을 수십 차례 내던지던 '많은 생각'은 마침내 문을 부수고 나올 수 있었다.

그는 무기와 인원을 점검하는 등 야습을 준비하기 시작한 오후가 되기 전에 갇혔던 것이다. '회색 늑대'의 명령이었다. '많은 생각'이 야습을 눈치채기도 전이었다.

그 밤 야습이 감행되리라는 것을 알았다면 '많은 생각'은 주저 없이 단이족의 마을로 달려갔을 것이다. '회색 늑대'는 자신의 둘째 아들이 야습에 아무 도움이 되지 않는다는 것을 잘 알고 있었다. 도움은커녕 결정적인 방해가 될 수 있다는 생각이었다. '회색 늑대'의 냉철한 판단력은 아들도 예외 없이 꿰뚫고 있었던 셈이다.

숙소를 뛰쳐나온 '많은 생각'은 불길이 치솟고 있는 야자나무 숲을 향해 달렸다. 상상하기조차 두려운 상황이 눈앞의 현실로 닥치고 만 것이다. 이제 이 평화롭고 아름다운 섬은 고통과 죽음으로 뒤덮이고 말 것이다. 삶을 욕심 없이 즐기고, 그래서 죽음마저 당연하고 편안하게 받아들이는 이 부족에게 무서운 굴레가 덮치고 있는 것이다. 그는 달리면서 흐느껴 울었다. 심장이 터질 듯이 고통스러웠다.

'많은 생각'이 현장에 도착했을 때는 살육이 한창이었다. 검붉은 불길이 비추는 살육의 현장은 그 자체로 지옥도(地獄圖)였다. '많은 생각'은 목이 찢어져라 비명을 지르며 장이족과 단이족 사이로 뛰어 들었다.

"멈춰! 멈추란 말이야!"

억센 손아귀가 '많은 생각'의 뒷덜미를 낚아챘다. 얼굴이 피로 범벅된 '매 발톱'이었다.

"비켜, 이 새가슴아!"

'많은 생각'은 형의 손아귀를 벗어나려 몸부림쳤다.

"멈춰! 이건 미친 짓이야!"

'매 발톱'은 움켜쥔 뒷덜미를 놓지 않았다.

"공격은 족장님의 명령이다. 누구든지 명령을 어기는 자는 죽음이다."

"멈추라니까!"

'많은 생각'은 획 돌아서며 형의 가슴팍을 힘껏 밀었다. 갑자기 거센 힘에 떠밀린 '매 발톱'은 목덜미를 놓치고 나동그라졌다. 그 순간에도 살육은 계속되고 있었다. 머리가 터질 듯한 '많은 생각'의 눈에 부러진 창대가 들어왔다.

　창대를 주워 든 '많은 생각'은 칼을 휘두르는 장이족에게 달려들었다. '많은 생각'이 후려친 창대에 맞은 장이족의 병사가 쓰러졌다. '많은 생각'은 미친 듯이 소리치며 창대를 휘둘렀다. 창대에 맞은 장이족의 병사가 여기저기서 쓰러졌다.

　자신들을 공격하는 자가 족장의 아들임을 알아본 장이족 병사들은 섣불리 반격할 수도 없었다. '많은 생각'의 무차별적인 공격으로 장이족의 포위망에 구멍이 생겼다. 십여 명의 단이족들이 그 구멍으로 빠져나와 필사적으로 도망쳤다.

　나동그라졌다 일어선 '매 발톱'은 미친 듯이 창대를 휘두르는 동생을 물끄러미 바라보았다. 짧은 시간이었지만, 그에게는 길고 긴 시간으로 느껴졌다. 마침내, 입술을 질끈 깨문 '매 발톱'이 옆에 선 병사의 창을 낚아챘다. 누가 말릴 사이도 없었다. 형의 손을 떠난 창이 허공을 날아 동생의 등에 꽂혔다. 동생의 등에 창이 꽂히는 순간 형이 소리쳤다.

　"우리 부족을 배신하는 자는 누구든 죽어야 한다!"

　창을 맞고 쓰러졌던 '많은 생각'이 비틀거리며 일어섰다.

등판을 뚫은 무서운 통증으로 그의 얼굴이 일그러졌다. 그러나 등판의 통증보다 더 고통스러운 것은 심장이 터질 듯한 마음의 고통이었다. 눈앞에서는 하늘이 검붉게, 야자나무 숲이 불타고 있었다.

그 불길 아래서 평화롭게 살아왔던 단이족들이 처참하게 살육되고 있었다. 그들의 죄라면 낯선 부족을 손님으로 극진하게 대접해 준 것뿐이었다. 그들은 그 대접의 대가를 피와 죽음으로 받고 있었다.

생명과 삶의 은혜를 피와 죽음으로 갚고 있는 부족, 그것이 바로 자신의 부족이었다. 그는 숨이 막히는 고통 때문에 더 이상 눈앞에서 벌어지고 있는 살육을 볼 수가 없었다.

'많은 생각'은 온몸의 힘을 쥐어짜서 불타는 야자나무 숲으로 뛰어들었다. 불길 속에서 내지르는 '많은 생각'의 무서운 비명이 검붉은 어둠을 갈가리 찢었다.

15장

우리는 이리 들었노라

장이족의 기습이 있던 그 날 밤, 살해된 단이족의 사내는 이백여 명이나 되었다. 부상당한 사람도 삼백여 명 가까이 되었다. 장이족은 산 속 동굴로 피한 '키가 큰 사슴'도 찾아내 살해했다. 단이족의 구심점을 없애려는 의도에서였다.

단이족이 입은 피해는 심각한 것이었다. 노인과 어린 아이를 제외한 단이족 사내들의 거의 대부분이 죽거나 부상을 입은 셈이었다. '회색 늑대'가 제지하지 않았더라면 단이족의 피해는 훨씬 더 불어났을 것이다. 어둠과 불길, 솟구치는 선혈로 광폭해진 장이족 사내들은 미친 듯이 칼과 창을 휘둘렀다.

'회색 늑대'가 따르는 병사들에게 횃불을 올리게 하고 살육을 중지시킨 것은 그 정도로 충분하다고 판단해서였다. 그가 판단하기에 살육은 수단이지, 목적은 아니었다. 그의 목적은 단이족을 지배하는 것이다.

자신들이 지배하는 부족이 되려면 지배할 부족이 있어야 한다. 복속시킬 정도로 손상을 주고, 공포감을 심어 주면 되었다. 그 이상의 살육은 무의미했다. 더구나 지배하는 자들은 지배당하는 자들의 노동력을 필요로 한다. 노동력이 없는 부족을 지배하는 것은 아무런 이익이 없는 셈이기 때문이다.

장이족의 피해는 미미했다. 불길 속에서 죽어간 '많은 생각'을 제외하면, 몇 명이 가벼운 부상을 당한 정도였다.

다음 날 날이 밝기가 무섭게 '회색 늑대'는 단이족 모두를 단이족 마을의 중앙에 있는 광장에 집합시켰다. 물론 칼과 창을 든 장이족의 사내들이 무시무시한 표정으로 단이족을 에워싼 상태였다. 공포에 질린 단이족들은 작은 물고기들처럼 최대한 몸을 웅크리고 몰려 앉았다.

'회색 늑대'는 명령을 받은 단이족이 급히 흙을 쌓아 만든 연단 위에 올라섰다. 그 아래에는 그의 말을 통역할 '정신 차리고 걸어'가 버티고 서 있었다. 몰려 앉은 사람들 사이에서 연인인 '크게 뜬 눈'이 안타깝게 쳐다보았지만, '정신 차리고 걸어'는 그 간절한 눈빛을 무시해 버렸다.

'회색 늑대'가 단호한 목소리로 선언했다.

"우리는 승리한 부족이다. 이제부터 우리가 너희 부족을 지배한다. 우리의 말을 어기는 자들은 우리의 법에 의해서 처벌당한다. 우리는 지배자이므로 너희들은 우리를 위해서 일해야 한다. 그것이 우리들의 법이다."

'회색 늑대'는 불탄 야자나무 숲에 구덩이를 파고 죽은 자들을 한꺼번에 매장하게 했다. 부상자는 각 마을로 분산시켜 치료를 하게 했다. 단이족들의 전통인 사자(死者)를 위해서 올리는 나흘 동안의 장례 절차는 허용되지 않았다. 분노로 손쉽게 전환될 수 있는 슬픔의 자리를 허용하는 것은 위험하다는 것을 '회색 늑대'는 잘 알고 있었다. 집단적인 슬픔은 더욱 안 될 일이었다. 지금은 상처와 공포로 단이족이 저항할 엄두조차 내지 못하리라 짐작되지만 싹이 나기 전에 아예 씨를 없애는 것이 좋다는 생각이었다.

승리와 지배를 선언한 후에 '회색 늑대'가 처음 내린 구체적인 지시는 마을과 마을 사이의 분리였다.

단이족의 여섯 마을은 장이족의 허락 없이 서로 왕래할 수 없다는 명령을 내렸다. 마을들을 감시하기 위하여 마을들 앞에 높은 망루를 세우고, 장이족 병사들을 16명씩 배치해 교대로 망을 보게 했다. 낮에 들판이나 숲에 나갈 때에도 각 마을 단위로 나가고 이 때 역시 병사들이 감시자로 따라붙었다. 마을끼리 통할 수 없다는 이 법을 어기면 죽음이라는 벌칙이 따른다고 선포하였다. 여섯 마을을 감시하는 병사들 위에 경험과 능력이 있는 자들을 우두머리로 세웠다. '회색 늑대'는 이 모든 것을 닷새 안에 해치웠다.

단이족들은 죽음보다 어두운 공포와 절망에 빠져들었다. 그들을 덮친 죽음과 아직도 마을마다에서 끊이지 않는 부상자들의 비명으로 평화롭던 잠은 갈가리 찢겨나갔다. 낮은 낮대로 어디에 죽음이 도사리고 있는지 알 수 없었다.

장이족의 허락 없이 옆 마을의 친구에게 간 사내가 발견 현장에서 창에 찔려 죽은 사건 이후, 공포는 이제 그들의 일상이 되고 말았다. 그 사내는 장이족의 명령을 어기려던 것이 아니었다. 자신들의 섬에서 마음대로 돌아다니지 못한다는 사실 자체가 그에게는 도무지 현실감 있는 금제(禁制)로 받아들여지지 않았던 것이다.

단이족들은 일종의 지속적인 공황 상태로 무기력해졌다. 장이족이 시키는 대로 아침이면 야자나무, 바나나나무, 사탕수수 숲으로 가서 열매를 땄다. 들판에 나가서는 고구마와 얌을 캐고 야생 토끼와 야생 닭을 잡았다. 바다에 나가는 카누는 일정한 수가 정해졌다. 바다는 장이족의 통제 범위가 아니었기 때문에 많이 몰려 나가는 것은 허용되지 않았다. 이 모든 노동의 형태와 수확량을 정하는 것은 장이족이 했다. 구체적으로, '회색 늑대'와 후계자 '매 발톱', 그리고 여섯 마을의 책임자가 모이는 회합에서 결정하였다.

건기가 끝나고 우기가 시작되었을 때, 섬은 무겁게 내리누르는 먹구름처럼 장이족의 엄격한 규율 아래 놓이게 되었다.

16장

그 거대한 역사(役事)가 시작된 것은 불안 때문이었다. 그리고 공포를 위해서였다.

우기가 시작되자 노동량은 현저하게 줄어들었다. 비를 맞고 수확하는 열매와 구근들은 건조가 되지 않아 쉽게 썩는다. 바다에도 나갈 수 없다. 가끔 햇빛이 나는 날을 제외하고는 대부분의 시간을 마을에서 지낼 수밖에 없다.

'회색 늑대'가 불안하게 생각한 것은 바로 그 시간이었다. 아무것도 하지 않고 있는 시간이란 무엇이든 배태(胚胎)할 수 있는 불온의 시간이었다. 야수도 달리는 것은 그 방향을 예측하고 대비할 수 있다. 그러나 웅크리고 있는 것은 찾기도 힘들고 어떤 행동으로 나올지 예측하기도 어렵다.

'회색 늑대'는 단이족들이 긴 우기 동안 자신들의 마을에서 보내는 시간들이 불안했다. 분주한 노동으로 소진되어야 할 힘이 축적되는 것은 물이 고이는 것과 같다. 보이지 않게 차오르는 물은 언젠가 큰 둑을 무너뜨릴 수도 있는 법이다. 각 마을을 철저하게 감시하는 망루가 있고, '정신 차리고 걸어'처럼 장이족의 회유에 넘어와 마을의 동정을 알려 주는 단이족이 각 마을마다 한둘씩 박혀 있다 해도 안심할 수는 없었다.

더구나 단이족은 장이족보다 숫자가 훨씬 많다. 지난 번 살육으로 젊은 사내들이 많이 죽고 상했다 해도, 죽은 자리는 채워지고 상처는 아물게 된다.

무엇인가 특별한 대책을 세워야 한다고 '회색 늑대'가 절실하게 느끼고 있을 때, '빠른 머리'가 찾아왔다. 그는 여섯 마을 중 가장 큰 구역을 책임지고 있는, '회색 늑대'의 오랜 심복이었다. 그는 '회색 늑대'의 불안을 잘 알고 있었다. 얼마 전, 믿을 수 있는 심복들인 여섯 마을의 책임자들에게 마음을 털어놓은 적이 있기 때문이다.

'빠른 머리'는 '회색 늑대'의 눈앞에 작은 물건을 하나 내밀었다. 그것은 석상(石像)이었다. '회색 늑대'도 잘 알고 있었다. 이 섬에서는 흔한 것이었다. 석상은 사람 크기만 한 것에서부터 지금 '빠른 머리'가 내놓은, 손바닥에 들어갈 정도의 작은 것까지 다양했다. 사람 크기만 한 것은 마을의 입구에 세워져 있고, 작은 것들은 집 안 곳곳에서 볼 수 있었다. 더 작은 것들은 단이족들이 몸에 지니기 좋아하는 물건이다.

단이족 사내들이 한가한 시간에 이런 석상을 돌연장으로 만드는 것을 '회색 늑대'도 여러 번 본 적이 있었다. 그는 '빠른 머리'의 손에서 얼굴로 시선을 옮겼다. 족장의 시선을 받은 '빠른 머리'가 입을 열었다.

"이것은 단이족이 자신들의 모습을 본뜬 석상입니다."

"알고 있어."

"저들은 시간이 나면 이 석상을 만들기를 즐기지요."

"그래서?"

"이걸 만들게 하는 겁니다."

"……?"

"두 가지 이유가 있습니다."

"두 가지 이유라고?"

"예. 하나는 저들에게 딴 생각을 할 여유를 주지 않는 겁니다. 또 하나는 우리의 힘과 영광을 보여 주는 겁니다. 직접 눈으로 보고 공포에 질려 감히 저항할 엄두를 내지 못할 정도로 말입니다."

'회색 늑대'는 '빠른 머리'의 눈을 날카롭게 응시하며 물었다.

"어떻게 그것이 가능하다는 거지? 이 작은 석상 따위로 말이야?"

'빠른 머리'는 자신감에 찬 얼굴로 대답했다.

"크면 됩니다. 아주 크면 말입니다."

"크면 된다고? 좀 자세히 말해 봐."

'회색 늑대'는 짜증스러운 목소리가 되었다. '빠른 머리'의 목소리가 빨라졌다.

"이 석상을 엄청나게 크게 만들어 세우게 하는 겁니다. 쉬는 날에 모든 사내들을 동원해 석상을 만들라 명령을 내리면 됩니다. 비가 오고 바람이 불더라도 산에서 돌하고 씨름할 수는 있습니다. 돌을 깎고 다듬는 일은 결코 쉬운 일이 아닙니다. 하루 종일 일하고 피곤한 사내들은 밤만 되면 곯아떨어질 겁니다. 작업 중인 낮에는 우리 병사들이 눈으로 보면서 지킬 수 있으니 아무 걱정이 없습니다. 저들이 무슨 여유와 힘이 남아서 우리에게 저항을 하겠습니까. 그리고 우리의 명령으로 세운 엄청난 석상들을 보면서 저들은 우리의 힘과 영광을 뼈저리게 느낄 것입니다. 그건 저들을 다스리는데 필요한 공포를 불러일으킬 것이고요."

'회색 늑대'는 서서히 고개를 끄덕였다. 입가에는 미소가 떠오르고 있었다. 눈앞에 선명한 광경을 그려 볼 수 있었던 것이다. 화산이 폭발하여 생긴 섬 동쪽의 엄청나게 큰 바위산 기슭에서 단이족 사내들이 개미처럼 붙어 일하는 광경이었다.

'회색 늑대'는 '빠른 머리'의 의도를 완전하게 파악하였다. '빠른 머리'가 말한 두 가지 의도 모두 그의 마음에 흡족한 것이었다. '회색 늑대'는 '빠른 머리'의 어깨에 두 손을 얹었다. 부하에게 애정과 신뢰를 표시하는 동작이었다.

"좋은 생각이다. 밤에 곯아떨어질 정도로 피곤하다면 다른 생각을 할 틈이 없을 것이다. 쳐다보기도 무서울 정도의 거대한 모양은 기가 질리게 할 것이고. 즉시 시행하라. 작업은 마을 단위로 하고, 철저하게 감시를 해야 할 것이다."

다음 날 여섯 마을 단이족 사내들은 산 중턱으로 끌려나갔다. 인솔하는 장이족 병사들에 의해서 바위산의 이곳 저곳에 도착한 그들이 받은 지시는 이상한 것이었다. 단이족들이 좋아하는, 그들이 '우리 얼굴'이라고 부르는 석상을 만들라는 거였다. 그것도 엄청나게 큰 것이어야 된다고 했다.

어느 마을이 가장 크게 빨리 만드는지 경쟁을 해서 가장 큰 석상을 가장 빨리 만드는 마을에게는 사슴과 산양을 상으로 준다고 했다. 가장 작게 만들거나 못 만드는 마을은 이틀 동안 굶어야 하는 벌을 준다고 했다. 단이족은 왜 자신들이 좋아하는 석상을 장이족이 만들라고 하는지 알 수 없었다.

이유는 알 수 없었지만 명령인 이상 즉시 시작해야 했다. 단이족들은 바닷가의 단단한 바위를 깨고 떼어 내, 쪼고 갈아서 망치와 정, 끌 같은 연장을 만들었다. 작은 석상을 만들 때 사용했던 연장은 산 중턱의 바위로 커다란 석상을 만드는 데는 아무 소용이 없을 거였다. 다른 무리는 작업을 감시하는 장이족 병사들이 비와 햇빛을 피할 곳을 만들었다. 야자나무로 기둥을 세우고 사탕수수 잎을 엮어서 만든 것이었다. 작업 준비를 하는 데에 사흘이 소요되었다.

나흘째 되는 날부터 본격적으로 석상을 만드는 작업이 시작되었다.

그 날은 우기의 날씨답지 않게 하늘이 맑게 개고 바람이 없이 따뜻했다. 여섯 마을의 단이족들은 각기 산 중턱에 적당한 자리를 잡고 작업을 시작했다. 먼저 정과 망치를 이용해 석상을 만들 크기로 바위를 파서 본을 떠야 했다.

작업을 시작한 단이족들은 묘한 기분에 사로잡혔다. 비록 장이족들의 지시와 감시를 받는 상태이긴 하지만, 석상 만들기는 그들이 좋아하는 일이었다. 물론 그들이 만들어 온 석상은 이렇게 거대한 모습이 아니었다. 단이족들은 자신의 가족이나 좋아하는 사람의 모습을 본 딴 작은 석상을 만들어 왔다. 어쨌든 이 일을 하는 순간에는 그들을 바위처럼 내리누르는 장이족의 존재를 잊을 수 있을 것 같았다. 첫날은 그렇게 시간 가는 줄 모르고 노을이 수평선을 물들일 때까지 일을 할 수 있었다.

다음 날부터는 우기의 날씨답게 하늘은 낮게 내려앉고 바람이 불었다. 바람을 타고 사선으로 날아온 빗방울이 얼굴을 때렸다. 비바람은 잠시 멈추는가 싶다가 다시 시작되고는 했다. 작업을 한다는 것이 쉽지 않았다. 이런 날씨에는 집 안에서 잠을 자거나 쉬어야 한다. 그것이 지금까지 단이족이 살아온 방식이었다. 일을 하고 싶지 않으니 작업의 능률이 오를 리가 없었다.

감시를 하던 장이족 병사들의 칡 줄기로 꼬아 만든 채찍이 바람을 갈랐다. 그래도 빨리 움직이지 않으면 칼로 팔뚝이나 등을 긋기도 했다. 빗물과 섞인 핏물이 바위를 벌겋게 적셨다. 하루 종일 비바람과 채찍질에 시달리던 단이족의 사내들은 집에 돌아와 허기를 채우자마자 쓰러지고 말았다.

눈치가 빠른 단이족의 사내들은 비로소 장이족의 의도를 알아챌 수 있었다. 그들은 이제 자신들이 좋아해서 만들곤 했던 '우리 얼굴'이 무서운 저주가 되리라는 것을 예감할 수 있었다.

비바람과 채찍과 땀과 피 속에서 작업은 계속되었다. 여섯 마을을 책임지는 장이족의 대표자들은 서로의 작업 속도를 비교해 부하 병사들을 재촉하였고, 병사들은 단이족의 사내들을 몰아붙였다. 작업이 진행될수록 이런 경쟁은 가속화되었고, 단이족의 사내들은 잠시도 한 눈을 팔 겨를이 없었다. 채찍과 비명이 잦아질수록 석상은 빠르게 모양을 갖추어 가고 있었다.

거대한 석상의 모양은 단이족들이 만들곤 하던 '우리 얼굴'을 본뜬 것이었지만, 한 가지 달라진 것이 있었다. 자주 현장을 들르던 '회색 늑대'의 지시로 귀가 얼굴 전체의 길이와 맞먹을 정도로 커진 것이다. 단이족들이 만들던 원래 석상에서 장이족들의 긴 귀를 강조한 형태로 바뀌게 되었다. 긴 귀야말로 이 섬에서 지배 부족을 상징하는 특권의 증표가 된 것이다.

한 달 보름이 지났을 때, 마침내 처음으로 석상이 완성되었다. 완전하게 얼굴과 몸 모양을 갖춘, 사람의 키 다섯 배가 넘는 거대한 석상이 바위에서 솟아났다. 여섯 부족 중에서 '빠른 머리'가 대표자로 있는 마을에서 제일 먼저 완성해 냈다.

이제 남은 일은 석상을 옮겨 장이족 마을에서 내려다보이는 해안에 세우는 것이었다. 가슴 높이로 돌로 쌓은 대좌(臺座) 위에 세우는 것까지가 '회색 늑대'가 지시한 작업이었다. '회색 늑대'는 장이족의 마을 저 앞 우뚝 선 거대한 석상들은 자신들의 힘을 잘 보여 줄 것이라고 생각했다.

산 중턱에서 해안까지는 꽤 먼 길이었다. 어떻게 석상을 손상시키지 않고 옮기느냐 하는 것은 쉬운 문제가 아니었다. 그것은 석상을 만들기 시작한 이후부터 그들을 괴롭힌 문제였다. 장이족과 그들의 지시를 이행해야 하는 단이족 모두 그 문제로 골머리를 썩였다.

마침내 '조용히 오는 파도'라는 이름을 가진 단이족의 한 원로가 해결책을 생각해 냈다. 그것은 통나무로 일종의 썰매를 만들어 운반하자는 것이었다. 야자나무를 칡 줄기로 엮은 썰매가 석상 앞에 놓여졌다. 석상을 썰매 위로 옮기기 위해서 썰매 앞에 수북히 자갈을 깔았다. 그리고 그 위로 석상을 밀어 썰매로 올라가게 했다. 석상을 태운 썰매를 백여 명에 가까운 사람들이 밧줄로 끌기 시작했다. 비스듬한 경사의 산기슭을 사선으로 약간씩 내려가 있는 길을 택해 그리로 끌었다.

이틀에 걸쳐 석상은 해안의 대좌 앞에 이르렀다. 이제 석상을 대좌에 세우는 것이 문제였다. 먼저 대좌 앞에 흙을 대좌의 높이보다 더 높게 쌓았다. 그리고 그 위에 석상의 발치를 끌어 올렸다. 석상을 세우는 것은 단이족들이 오랫동안 알고 있던 지렛대의 원리를 이용하였다. 석상의 등에 통나무를 가로지르고 그 통나무의 양쪽 끝을 다른 통나무로 들어 올린 상태에서 석상의 등에 흙을 채웠다.

그런 식으로 차츰차츰 석상을 세우다가 어느 정도까지 세워졌을 때 반대편에서 밧줄을 이용해 잡아당겼다. 이렇게 석상을 세우는데 아흐레가 걸렸다. 두 달 가량이 걸린 작업의 끝이었다. 거대한 석상 앞에서 장이족들은 환호성을 지르며 펄쩍펄쩍 뛰었다. 등판과 손바닥에 죽은 피가 맺혀 시커멓게 된 단이족들은 그 자리에 주저앉았다.

석상이 대좌에 올라서던 저녁 무렵, '회색 늑대'는 고개를 꺾고 하늘을 찌를 듯이 우뚝 솟은 거대한 석상을 쳐다보았다. 얼굴이 사람의 키만큼 큰 석상은, 떨어지는 검붉은 노을빛을 받아 마치 피의 바다에서 솟아 나온 무시무시한 괴물처럼 보였다.

그 순간 '회색 늑대'는 이 석상이 주는 등골이 서늘한 공포를 느꼈다. 섬에서 최고 권력을 손에 쥔 자신이 그러한데, 지배당하는 단이족이야 말할 필요가 없을 것이었다. 그는 석상을 만들려던 두 가지 의도 모두가 만족스럽게 달성되었다는 것을 알 수 있었다.

다음 날 아침, '회색 늑대'는 석상 앞에 섬의 두 부족을 모두 모이게 한 후 새로운 선언을 했다. 자신이 이 섬의 왕이 되겠다는 것이었다. 아들 '매 발톱'을 후계자로 정식 선언하고, 여섯 마을의 대표자는 귀족으로 임명했다.

또한 제사를 집전하는 제관도 세 명 임명했다. 이들은 섬을 지배하는 특권 계급으로서 노동에서 면제되고 신선한 열매와 고기를 먹을 수 있는 권리가 있었다. 그 다음 계급은 병사들이었고, 이들도 노동에서 면제되었으며 좋은 음식을 먹을 수 있었다. 나머지 장이족은 평민이었고, 자유로운 상태에서 자신들의 필요에 따라 노동을 했다. 단이족은 다스림을 받는 노예로서 감시를 받으며 장이족이 결정한 것에 따라 노동을 해야 했다.

이 날 밤 석상 앞에서는 축제가 벌어졌다. 갈라진 뱀의 혀처럼 날름대며 어둠을 핥는 불길 앞에서 장이족 사내들은 고기를 배불리 먹고 야자열매 술을 마음껏 마시며 춤을 추고 노래를 불렀다. 감시병의 눈길이 에워싼 한 쪽에 몰려선 단이족 사내들에게도 약간의 고기와 야자열매 술이 주어졌다.

밤이 깊도록 장이족 사내들은 날뛰었고, 단이족 사내들은 졸음과 싸우며 축제의 끝을 기다렸다. 감시병들이 모두 축제에 참가한 상황에서 피곤하다고 마음대로 마을로 돌아갈 수도 없었기 때문이었다. 하얀 산호에 흑요석을 박은 거대한 석상의 눈이 검붉은 불길을 받아 기묘하게 번뜩이며 춤추고 노래 부르는 자들을 내려다보고 있었다.

석상의 번뜩이는 눈처럼 어둠 속을 노려보는 눈이 또 있었다. 축제 장소가 멀리 내려다보이는 바닷가 언덕이었다. 그 눈의 주인은 '크게 뜬 눈'이었다. 그녀는 '정신 차리고 걸어'와

밀회를 하던 장소에서 그를 기다리고 있었다.

이제 모든 것은 분명해졌다. '정신 차리고 걸어'는 장이족이 되었고, 그녀는 노예족인 단이족으로 남았다. 장이족이 된 그는 장이족 여자의 남자이고, 그녀는 가끔 그의 욕정을 채워 주는 도구일 뿐이었다.

그녀의 가슴을 쥐어뜯는 고통은 단순히 질투의 감정은 아니었다. 이전의 섬에서라면 남녀 사이에 애정이 엇갈리는 문제는 자연스럽게 해결될 수 있었다. 물론 서로 사랑하다가 상대의 마음이 다른 사람에게 옮겨 가는 것은 기분 좋은 일은 아니었지만, 그거야 바람이 불고 파도가 치는 것처럼 어쩔 수 없는 일로 인정할 수 있었던 것이다. 그런 경우, 이전의 섬 부족민들은 서로의 마음을 확인하고는 친구처럼 편한 관계로 돌아가고는 했다.

그러나 이제는 달라졌다. 그녀는 '정신 차리고 걸어'와 나란히 설 수 있는 사람이 아니었다. 영원히 그것은 불가능할 것이었다. 그녀는 이제 잘 알고 있었다. 그녀가 잃은 것은 단순히 사랑이 아니었다. 아예 사랑할 수 있는 자격을 상실해 버린 것이다.

그것은 노예가 된 그녀의 부족 모두가 마찬가지였다. 그런 무서운 불행을 부족에게 가져온 자가 자신의 정인(情人)이었던

'정신 차리고 걸어'였다. 장이족들을 끌어들이고, 그 자들의 눈과 귀가 되어 부족을 불길과 사슬로 몰아넣은 것이다. 그러고도 그는 장이족의 여자와 특권을 얻어 단이족을 채찍질하고 있었다. 지금 그녀의 가슴을 쥐어뜯는 고통의 정체는, 그러므로 복수심이었다.

그녀는 입술이 터져라 깨물었다.

'오늘 밤 끝장을 보리라.'

그는 틀림없이 올 것이었다. 아까 축제의 자리에서 그녀는 야자열매 술을 날라다 주면서 그의 귀에 대고 속삭였다. 그 장소에서 기다리겠다고.

그는 의아한 눈길로 그녀의 얼굴을 보았다. 장이족이 섬을 지배하기 시작한 이후 있었던 몇 번의 밀회는 그녀가 아니라 그가 요구한 것이었다. 그녀는 그의 요구가 있는 밤에는 그 곳에 나갈 수밖에 없었고, 그는 성급하게 욕정을 채운 후 장이족의 마을로 사라지곤 했던 것이다. 은밀하게 만나자는 그녀의 말을 그가 거절할 리가 없었다.

마침내 언덕 아래 어둠 속에서 풀을 밟는 발소리가 들렸다. 그녀는 한층 더 눈을 빛내며 어둠 속을 노려보았다. 어둠보다 더 짙은, 어둠의 기둥 같은 것이 불쑥 그녀의 눈앞에 나타났다. 예상대로 '정신 차리고 걸어'였다. 그녀를 확인한 그는 우묵한 밀회의 장소로 뛰어들었다.

그는 거칠게 그녀의 몸뚱이를 낚아챘다. 순간, 부드러운 말과 따스한 손길로 밤이 깊을 때까지 오래 마음과 몸을 나누었던 기억이 떠올랐다.

그녀는 날카로운 칼날로 깊숙이 목이 찔린 듯한 고통으로 헉, 짧은 비명을 내질렀다. 그의 몸에 짓눌린 그녀의 눈에서 눈물이 흐르기 시작했다. 그 눈물은 그가 욕정을 풀고 옆으로 돌아누운 뒤까지도 그치지 않았다. 윗몸을 일으켜 앉은 그녀의 얼굴은 온몸이 쥐어짜져 흐르는 체액 같은 눈물로 뒤범벅이 되었다. 그 눈물 위로 어둠이 번들거리며 흘렀다.

그녀는 눈물을 흘리며 조용히 손을 뻗어 풀 위에 놓인 단도를 집어들었다. 그것은 '정신 차리고 걸어'가 항상 허리에 차고 다니는 '회색 늑대'의 선물이었다. 단도를 끌어당긴 그녀는 조용히 칼을 뽑았다. '정신 차리고 걸어'는 네 활개를 뻗고 숨을 고르고 있었다. 욕정을 푼 후의 포만감을 즐기고 있는 것이었다.

그녀는 서서히 머리 위로 칼을 들어올렸다. 그는 아무 눈치도 채지 못하고 있었다. 그녀는 힘껏 내리 찔렀다. 그의 심장을 겨냥하고서였다. 무서운 비명이 밤하늘을 찢었다. 그녀는 연거푸, 미친 듯이 그의 가슴을 찔렀다. 솟구친 핏줄기가 그녀의 얼굴과 가슴을 흠뻑 적시는 것도 의식할 수 없었다. 마침내 요동치던 그의 몸이 잠잠하게 가라앉았다.

그녀는 휘청대며 일어섰다. 힘이 풀린 그녀의 손에서 칼이 떨어졌다. 그녀는 흔들리는 걸음으로 언덕 위로 걸어갔다. 해안의 절벽 앞까지 걸어온 그녀는 까마득한 허공의 어둠 앞에 섰다. 여전히 그녀의 눈에서는 체액과 같은 눈물이 흘러내리고 있었다.

잠시, 그렇게 서 있던 그녀는 날카로운 비명과 함께 절벽 아래로 몸을 던졌다. 깊이를 알 수 없는 어둠이, 날개가 꺾인 새처럼 떨어져 내리는 그녀를 순식간에 삼켜 버렸다.

17장

첫 석상이 세워진 후 다른 마을들의 석상도 속속 세워졌다. 물론 석상의 조상(彫像)은 그걸로 끝나지 않았다. '회색 늑대'가 석상에서 불안을 먹어 치우고 공포를 풀어놓는 형상을 본 이상, 석상을 만드는 일은 결코 멈추어질 수 없었다. 불안은 먹어 치우는 것보다 더 크게 끊임없이 자라고, 공포는 익숙해지는 것만큼 더 커져야 했기 때문이다.

곧이어 여섯 마을의 단이족들은 다른 석상을 만드는 일에 달려들어야 했다. 각 마을들이 두 번째로 작업에 착수한 석상은 그 규모가 더 커졌다. 해안의 다른 장소에 대좌가 마련되었고 두 번째의 석상들도 세워졌다. 두 번째의 석상이 세워지자마자 건기가 시작되어 석상을 만드는 일은 일단 중단되었다. 그러나 건기 때도 식량을 거두고 남는 시간에 단이족의 사내들은 예외 없이 작업에 동원되었다.

다음 우기가 시작되자 다시 본격적으로 작업이 시작되었다. 불안과 공포를 동시에 상징하는 석상을 만들어 세우는 일은 단이족을 지배하는 효과적인 수단임이 이미 입증되었다. 거기에 더해 장이족은 서서히 석상에 종교적인 열정을 느끼기 시작하고 있었다. 해안의 이곳 저곳에 하늘을 찌를 듯이 우뚝 선 석상들이 자신들의 수호신처럼 느껴졌다.

여섯 번의 우기가 지났을 때 장이족은 석상 앞에서 제사를 올리기 시작했다. 매년 숲에서 희생물을 늑대신에게 바치는 부족의 제사에 못지않은 성대한 제사가 그 해에 만든 가장 큰 석상 앞에서 모셔졌다. 한때 단이족의 '얼굴'이었던 석상은 이제 단이족에게는 절망과 고통의 상징이었다.

석상에 대한 장이족의 종교적 열정이 강화되는 것에 비례해 단이족의 가슴에는 분노와 증오가 쌓여가고 있었다. 그 분노와 증오는 틈만 있으면 무서운 기세로 타오를 수 있는 것이었다. 그리고 시간은 아무리 강한 바위에도 균열을 일으키는 법이다. 장이족의 집요한 경계와 치밀한 조직도 시간 앞에서 차츰 느슨해지기 시작했다.

단이족은 은밀하게 준비하며 때를 기다렸다. 그들의 준비는 두 가지였다. 하나는 마음의 준비로, 바위처럼 단단한 증오와 적개심이었다. 다른 하나는 실제적인 준비로, 섬의 숲에서 흔히 볼 수 있는 칡넝쿨로 만든 그물이었다. 그들은 건기 때 채취한 칡넝쿨로 밤 깊은 시간에 한 코 한 코 증오와 적개심을 엮어 정교한 그물을 만들었다.

그물을 만드는 명목으로는 야생 토끼나 야생 닭의 효과적인 포획을 내세웠다. 칡 그물은 가슴에 품어도 표가 나지 않을 정도로 작지만, 던져서 펼치면 몇 사람은 쉽게 덮을 수 있었다. 장이족의 날카로운 칼과 창을 무력화시키려면 그들을 옭아매는 것이 필요했다.

열두 번의 우기가 막 끝나 가는 어느 날, 사람 키 열 배가 넘는 큰 석상이 세워졌다. 전례대로 장이족은 성대한 제사를 올리고 술과 고기로 배를 불리며 밤늦게까지 축제를 벌였다.

그 날 밤 자정이 넘은 시각, 단이족과 장이족의 마을 중간의 들판 야자나무 숲에서 불길이 일었다. 단이족의 마을을 감시하던 장이족의 병사들과 장이족 마을의 병사들이 허둥지둥 잠에서 깨어나 야자나무 숲으로 달리기 시작했다. 이제 장이족들도 야자나무 숲이 자신들의 귀중한 재산이라는 것을 잘 알고 있었다. 자신의 처소에서 잠들었던 '회색 늑대'도 별다른 의심 없이 병사들의 뒤를 따라 현장으로 달렸다. 나이가 먹어 지각이 둔해진 탓도 있고, 그 동안의 안일로 경계심이 무뎌지기도 한 것이다.

불길이 치솟는 곳으로 통하는 두 갈래 길 옆에는 그물과 돌도끼를 든 단이족의 사내들이 눈을 빛내며 기다리고 있었다.

정신없이 달리던 장이족의 병사들 위로 바람을 가르며 그물들이 날아들었다. '회색 늑대'의 머리 위에도 그물이 날아들었다. 그물이 장이족 병사들을 덮기 무섭게 돌도끼를 휘두르는 단이족의 사내들이 덮쳤다.

갑자기 그물 세례를 받은 장이족 사내들은 손에 든 무기를 휘두를 수도 없었다. 빈손인 자도 상당했다. 병사들 역시 오랜 세월 동안 안일에 물들어 나태해진 탓이었다. 허둥거리는 장이족 사내들 위로 돌도끼가 벼락처럼 쏟아졌다. 오랜 세월 분노와 증오로 달구어진 단이족 사내들의 팽팽한 근육이 하늘을 물어뜯는 불빛 아래서 검붉게 번들거렸다. 피가 솟고 비명이 밤하늘을 찢었다.

야자나무 숲에서 불길이 치솟던 12년 전 그 밤의 살육이 다시 벌어지고 있었다. 공격하고 당하는 쪽만이 바뀌었을 뿐이었다.

'회색 늑대'는 수십 차례 돌도끼에 맞아 그 자리에서 절명했다. 아들인 '매의 발톱' 역시 현장에서 즉사했다. 나머지 장이족의 성년 사내들도 절반이 죽고 나머지는 크고 작은 부상을 입었다.

그렇게 장이족의 허리는 꺾이고 말았다.

다음 날로 섬의 질서는 완전히 뒤바뀌었다. 섬의 지배 부족이 된 단이족은 빠르게 지배 질서를 확립하였다. 먼저 단이족이 취한 조치는 장이족의 마을을 차지한 것이었다. 그 동안 장이족의 마을은 주거하기에 쾌적하게 잘 정비되어 왔던 것이다. 쫓겨난 장이족은 분산되어서 단이족이 살던 여섯 마을로 수용되었다.

이제는 단이족의 병사들이 망루에서 감시를 하게 되었다. 계급도 정해야 했다. 거사를 주도한 단이족의 '단단한 바위'는 자신을 따르는 자들의 추대를 받아 왕의 자리에 올랐다. 왕이 된 '단단한 바위'는 자신의 심복들을 여섯 마을의 대표자인 귀족의 자리에 앉혔다. 역시 세 명의 사제를 임명했고, 단이족의 사내들을 정비하여 군대를 편성했다. 이제 단이족의 평민들은 자신들의 필요에 따라 노동을 했고, 장이족은 단이족의 필요에 따라 명령을 받으며 노동해야 했다.

그 동안 두 부족의 사이에서 태어난 아이들도 있었다. 주로 장이족의 사내들이 단이족의 여자를 힘으로 취해 그 사이에서 태어난 아이들이었다. 이 아이들은 장이족이 권력을 쥐고 있을 때는 어미의 핏줄을 따라 단이족에 속하였다. 단이족의 마을에서 어미와 함께 살았고, 유일한 특권은 본능적인 부성애가 가끔 던져주는 과일이나 고기 덩어리뿐이었다. 드물게는 장이족의 여자가 단이족의 사내와 눈이 맞아 태어난 아이도 있었는데, 이 아이들은 그 어미에게서 떨어져 단이족의 마을에서 아비와 살아야 했다. 이 아이들은 아비의 핏줄을 따라 단이족으로 분류되었다.

그런데 이제 단이족으로 권력이 넘어가자, 단이족이었던 이 두 부류의 아이들은 모두 장이족으로 분류되었다. 다른 모든 단이족이 장이족의 마을로 이주했지만 이 아이들은 그대로 남게 되었다.

권력을 잡은 단이족은 자신들이 당했던 그대로 장이족을 다루기 시작했다. 거대한 석상을 만드는 역사(役事)는 멈추지 않고 계속되었다. 변한 것은 일을 하는 자와 감시를 하는 자가 바뀐 것이었다. 또한 석상의 모양에서도 바뀌게 된 것이 하나 있었다. 그것은 귀였다. 귀는 원래 단이족이 만들었던 석상의 귀처럼 보통의 크기로 환원되었다.

이제 긴 귀는 노예의 표식이었고, 작은 귀는 특권의 증표가 된 것이다.

다시 산기슭에서는 채찍이 날고, 칼날이 번득이고, 피와 땀이 바위를 물들이고, 거대한 석상이 하나둘씩 바위에서 솟아나 섬의 이곳 저곳에 우뚝우뚝 서게 되었다.

단이족이 권력을 잡은 후 열 번의 우기가 지났을 때 다시 야자나무 숲에서 불길이 치솟았다. 역시 시간이 가져온 나태와 안일의 균열을 장이족의 날카로운 증오와 적개심이 놓치지 않았다.
섬의 질서는 다시 바뀌었다.

그 뒤에도 대략 열 번의 우기를 주기로 세 번의 불길이 더 치솟았다.
불길이 휩쓸고 지나갈 때마다 숲은 황폐해졌고, 섬사람들의 마음도 검게 탄 숲처럼 피폐하게 변해갔다.

18장

우리는 이리 들었노라

한 사람이 있었다.

먼저 그의 출생부터 밝히는 것이 좋으리라.

그의 아비는 장이족의 사내와 단이족의 여자 사이에서 태어났다. 맨 처음 장이족이 섬의 권력을 잡고 있을 때였다. 그의 아비의 아비가 되는 이 장이족의 병사는 막 꽃봉오리로 맺히려는 단이족의 처녀를 찍었고, 기회를 노리다가 사탕수수밭에서 일하는 여자를 낚아챘던 것이다. 단이족의 처녀는 이 사건으로 임신을 하고 말았다. 배가 불러 오면서 그녀는 단이족에게는 배신자가 되었고 장이족에게는 혹이 되었다. 그녀는 마음에 둔 단이족의 남자가 따로 있었지만 따가운 눈초리 속에서 장이족 사내의 아이를 낳아 기를 수밖에 없었다.

그의 어미는 단이족의 사내와 장이족의 여자 사이에서 태어났다. 두 번째로 단이족이 권력을 잡고 있을 때였다. 그의 어미의 어미가 되는 장이족의 여자 역시 단이족의 사내에게 겁간을 당했다. 야자나무 숲에서 일하다 단이족의 병사에게 강간을 당한 장이족의 여자는 장이족의 배신자가 되었고 단이족의 혹이 되었다. 그녀 역시 마음에 둔 장이족의 남자가 따로 있었지만 증오의 눈초리 속에서 단이족 사내의 아이를 낳아 기를 수밖에 없었다.

그렇게 두 부족의 핏줄을 받고 태어난 남자와 여자, 그의 아비와 어미는 장이족과 단이족, 그 어디에도 속하지 못했다. 장이족이 권력을 잡고 있을 때는 단이족에 속했고, 단이족이 권력을 잡고 있을 때는 장이족에 속했다.

이 영원한 노예가 된 혼혈족의 남자와 여자가 결합을 해 거기서 태어난 아이가 그였다. 그의 어릴 때 이름은 '큰 열매'였다. 특별한 의미가 있는 이름은 아니었다. 야자나 사탕수수, 바나나 등을 딸 때 열매가 큰 것을 따라는 뜻이다. 다시 말해서, 일을 잘 하라는 지시의 의미가 있는, 천생 노예의 이름이었다. 출생부터가 의미 있는 이름을 받을 형편이 아니었다. 아비나 어미 모두 노예의 신분을 벗어날 수 없는 사람이었고, 그의 성장을 지켜 보며 알맞은 이름을 붙여 줄 만큼 명이 길지도 않았다.

아비는 그가 어미의 뱃속에 있을 때 단이족의 반란에 가담해 싸우다가 죽었다. 섬이 장이족과 단이족으로 나눠진 이후, 단이 족이 두 번째로 섬의 주인이 되는 불길이 일 때였다. 거사에만 성공한다면 노예의 신분을 벗어날 수 있게 해 준다는 제안에 거 사에 가담했지만, 살았어도 노예의 신분을 벗어나지는 못했을 것이다.

어미는 그가 막 세 살이 되던 해 우기에 죽었다. 아사(餓死) 였다. 그 전 해의 우기에는 유독 강한 태풍이 세 번이나 섬을 덮쳤고, 과일과 동물과 해산물 모두 제대로 열매를 맺고, 새끼 를 치고, 번식할 수 없었다. 우기 다음의 수확기인 건기에는 극 심한 흉년을 실감해야 했고, 이어서 온 우기에는 식량이 태부 족이었다. 섬의 네 번째 지배 부족인 단이족은 배를 곯지 않을 수 있었지만, 장이족은 기아를 면할 수 없었다. 그 중에서도 어 느 부족에도 속하지 않는 그의 어미와 같은 신분은 기댈 곳이 전혀 없었다.

그의 첫 기억은 굶어서 죽는 어미에 대한 것이다. 핏기가 사 라져 가는 입술을 뭐라고 달싹거리는 어미의 얼굴, 야자나무 잎으로 엮은 지붕을 두드리는 빗소리, 그의 작은 손을 꼭 쥔 채

서서히 식어 가는 어미의 손, 그런 시각과 청각과 촉각이 한데 어우러져 첫 기억을 형성하고 있다.

아비 어미가 없는 그가 생존하고 성장한 것은 기적적인 일이라고 할 수 있다. 그는 손에 잡히는 것이면 무엇이든 입에 가져가 삼키고, 소화가 되지 않는 것이면 토하면서 살아남았다. 제 힘으로 열매를 따고 굴이나 조개를 채취할 수 있을 정도의 소년기가 되었을 때는 몽둥이를 맞으면서도 일단 제 배를 채우는 본능으로 뼈를 단단하게 하고 근육을 만들었다. 짐승을 사냥할 수 있을 정도로 성장한 청년기에도 사냥한 짐승의 목에 먼저 이빨을 박는 악착으로 생명을 유지할 수 있었다.

물론 그는 단순한 동물이 아니었다. 열매와 굴, 조개, 짐승의 살코기만으로 살 수는 없었다. 그의 다른 양식은 절망과 원한이었다. 감수성이 유달리 예민한 그는 자신의 처지를 깊이 자각하고 있었다. 그와 같은 혼혈족은 이제 섬의 제3 부족이 되었다. 장이족과 단이족, 어느 쪽에도 속하지 못한 그들은 영원한 노예족이었다. 그들은 보이지 않는 핏줄로 구별될 뿐만 아니라 몸에 보이는 표식도 해야만 했다. 단이족의 짧은 한 쪽 귀와 장이족의 귀걸이를 한 긴 다른 쪽 귀가 그것이다. 그것은 반란으로 권력이 바뀌어 어느 쪽이 지배자가 되어도 벗어날 수 없는 노예의 굴레요, 표지였다. 소년기 이후로 그가 '괴상한 소리'

라는 이름을 하나 더 갖게 된 것은 그런 자각의 결과였다.

그는 시간이 나면 바닷가나 산을 헤매면서 소리를 질러 댔다. 힘이 장사(壯士)였다는 아비의 몸을 닮아, 그는 굴욕으로 배를 채우면서도 부족의 다른 사내들보다 머리 하나는 큰 건장한 몸으로 성장했다. 그러나 바위를 부수는 그의 힘은 노예의 노역 외에는 쓸 곳이 없었다. 가슴을 태우는 절망의 불길을 그런 원한의 소리로라도 쏟아 내지 않고는 견딜 수가 없었다.

그가 한 사람을 만나지 않았다면, 그의 생존은 굴욕적인 본능에 뿌리를 박은 채 절망과 원한의 연장선 어느 곳에서 끝났을 것이다. 살아남으려는 본능도 결국은 노쇠와 소멸을 맞이했을 것이다. 그 전에 절망과 원한의 불길로 남을 태울 수 있을지라도, 또한 그 불길에 스스로 타서 재가 되어 버리고 말았을 것이다.

그는 한 사람을 만남으로 이름을 '괴상한 소리'에서 '큰 노래'로 바꿀 수 있었다.

그가 '발과 입이 없는 자'로 불리며 미치광이로 치부되는 그 사람을 만난 것은 막 청년기에 접어든 때였다. 지배 계급은 그가 태어났을 때의 단이족에서 장이족을 거쳐 다시 단이족으로 바뀌어 있었다. 물론 그 동안 그는 항상 노예에 속했다.

그 날은 우기의 날씨답지 않게 구름이 없이 갠 날이었다. 석양이 수평선을 핏빛으로 물들일 즈음 산기슭에서 석상과 씨름하는 하루의 일과가 끝이 났다. 그는 바닷가로 달려가 바위에 부딪혀 하얗게 부글거리는 파도에 몸을 실었다. 하루의 노동이 끝나고 이렇게 바닷물에 몸을 던지는 시간을 그는 가장 좋아했다. 부드러운 물결이 몸을 휘감을 때는 억센 노동으로 뭉치고 절망과 원한으로 파열할 듯 달궈진 몸을 잠시라도 풀고 식힐 수 있었다.

물 속에 몸을 던지자 채찍에 맞아 아직 아물지 않은 등판의 상처가 쓰라려 눈물이 나왔다. 그러나 바닷물은 상처가 곪지 않게 하는 좋은 치료제였다. 물에서 나온 그는 바위에 붙은 굴과 자갈들 사이에 섞인 조개를 따고 캐 그 자리에서 배를 채웠다. 점점 나빠지기 시작한 식량 사정으로 배급은 제대로 이루어지지 않았다. 집단적인 낮의 노역이 끝난 후 개별적인 식량 채취가 허용된 것은 그런 이유 때문이었다.

허기를 채운 그는 다른 날처럼 산으로 달리기 시작했다. 맨발이었지만, 그런 것은 문제가 아니었다. 발바닥을 파고드는 깨진 화산석도 이제 굳은살을 뚫을 수 없었다.

섬 중앙에 우람하게 솟은 산을 오른 그는 섬 전체가 내려다보이는 바위 위에서 소리를 질러 대기 시작했다. 짓눌린 비명 같기도 하고, 숨이 넘어가는 짐승이 마지막 힘을 모아짜 내지르는 듯한 그 소리는 짙어지기 시작한 어둠을 뒤흔들었다. 섬 전체가 알고 있는, 지배 부족이 노예의 한 가닥 숨통 정도로 허용하고 있는 그 '미친 소리'였다.

"그런 소리로는 돌멩이 하나도 움직이지 못하지."

그가 내지른 소리의 꼬리가 막 어둠 속으로 사라졌을 때였다. 그의 등 뒤에서 한 목소리가 들렸다. 조용하지만, 멀리 넓게 번질 것 같은 소리였다. 그는 뒤를 돌아보았다. 어둡기는 하지만, 막 떠오르기 시작한 달빛으로 바위 아래에 있는 사람을 식별할 수 있었다.

그도 잘 알고 있는 사람이었다. '발과 입이 없는 자'로 불리는 사람이었다. 그 사람이 말을 했다는 것을 믿을 수가 없었다. 그 사람은 이름처럼 두 발이 없었고, 입을 열지 않았다. 지난 수십 년간 아무도 그 사람을 상대하지 않았고, 그 사람 역시 누구에게도 접근하지 않았다. 산에 여기저기 뚫린 동굴을 옮겨 다니며 살아간다는 그 사람은, 섬의 어느 권력에도 속하지 않는 유일한 사람이었다.

"나도 말을 할 줄 아는 사람이었네."

어리둥절해 있는 그에게 그 사람의 목소리가 다시 날아왔다. 이제 그가 말을 했다는 사실을 믿을 수밖에 없었다. 그가 어리둥절해 있는 사이에 그 사람은 두 손을 발처럼 이용하여 그가 서 있는 바위 위로 빠르게 올라왔다. 발로 올라오는 것 못지않은 속도였다.

"한때 내게 발이 있었던 것처럼 말이네."

그도 그 사람에 대해서 어느 정도는 알고 있었다. 그 사람은 그가 태어나기도 훨씬 전에 거대한 석상에 깔리는 사고로 두 다리를 잃었다고 했다. 다리가 뭉개지면서 정신을 잃은 이 사람은 죽은 것으로 치부되어 야자나무 숲에 버려졌다. 노예의 목숨이 그런 대접을 받는 것은 당연시되고 있었다.

몇 달 후 섬에는 사슴이나 산양과 다른 이상한 짐승이 살고 있다는 소문이 돌았는데, 확인한 결과 바로 버려진 이 사람이었다. 두 다리가 없는 이 사람은 그 뒤 섬사람 누구하고도 어울리지 않고 숲과 산에서 짐승처럼 살아갔다. 그 사람의 기형적인 모습은 섬의 누구하고도 닮지 않아서 섬 부족 어디에도 속하지 않을 수 있었다. 섬의 부족들은 그의 외형을 따 '발과 입이 없는 자'라 이름 지었고, '미치광이'라는 이름도 붙여 정신도 기형(畸形)이라는 판정을 내렸다.

그 후로 몸과 정신이 기형이 된 그 사람은 없어진 발 대신 손을 이용해 자유롭게 섬을 돌아다니며 숲에서 배를 채우고 산속의 동굴에서 살아갔다.

"난 자네를 오랫동안 알아 왔어."

그 사람은 그의 옆에 와서 자리를 잡으며 말했다. 그도 여러 번 이 사람과 마주친 적이 있다. 산에 자주 올라오니, 아마 섬 사람들 누구보다도 자주 마주쳤을 것이다.

"자, 앉게."

그는 엉거주춤 그 사람 옆에 앉았다. 수염과 머리카락이 뒤섞여 구분이 되지 않은 채로 등과 무릎까지 내려와 있었지만, 얼굴을 덮은 털 속에 깊숙이 박힌 두 눈이 어둠 속에서도 고요한 불처럼 빛나고 있었다. '미치광이'라는 이름이 믿기지 않았다.

"놀랐겠지? 나 역시 놀라고 있으니까."

"……?"

"나도 누구에게도, 죽을 때까지 누구에게도 입을 열지 않을 줄 알았으니까."

"그런데 왜……?"

"자네 목소리 때문이야. 그 목소리가 내 입을 열게 만들었네. 지금은 괴성에 불과한 그 목소리가 섬을 울리는 큰 노래가 될 거라고 믿기로 했으니까."

"섬을 울리는 큰 노래요?"

"그래, 섬을 울려서 모든 사람들이 귀를 기울이는 큰 노래 말이야."

그는 어둠 속으로 짧게 냉소를 날렸다.

"전 노예일 뿐입니다. 영원한 노예 말입니다. 제가 내지르는 이 소리는 노예의 미친 소리일 뿐이지요."

그 사람은 길게 숨을 내쉬었다.

"그래서 자네일세."

그는 여전히 어리둥절한 채로 그 사람을 바라보았다. 그 사람은 바위를 내려가면서 말했다.

"자, 나를 따라오게. 굴이나 조개 따위로 배를 채우기는 어렵지. 내 거처로 가서 저녁을 먹기로 하세."

재빠르게 바위를 내려가는 그 사람의 등을 보면서 그는 갑작스러운 허기를 느꼈다. 거절할 이유가 없었다.

두 손과 그루터기만 남은 꼴인 두 다리를 이용한 그 사람의 행보는 성한 다리로 가는 것 못지않았다. 오히려 그가 헐떡거리며 그 사람의 뒤를 따라 올라가야 했다. 화산 폭발 때 생긴 듯한 구멍들이 산 중턱부터 수없이 뚫려 있었는데, 거의 정상 가까운 곳에 다다라서야 그 사람의 거처가 나왔다. 수십 년 동안 이 곳에서부터 산 아래의 숲으로 식량을 구하러 다니며 그 사람의 손은 발이 되었을 것이다.

그 사람은 동굴 중앙의 작고 우묵한 구멍에 기름을 붓고 불을 붙였다. 야자나무의 꽃처럼 피어난 불이 동굴의 어둠을 밝

168

으로 밀어냈다.

"자, 앉게."

그는 불 앞으로 가서 앉았다. 그 사람은 얌 뿌리와 야자나무 열매, 바나나 송이를 가져왔다. 두 사람은 말없이 저녁을 먹었다.

"왜 저러는 겁니까?"

마지막 바나나 껍질을 내던진 후 그는 그 사람의 얼굴을 쳐다보았다.

"자네는 영원한 노예니까. 그리고 그 영원한 노예들 중에서 외칠 줄 아는 유일한 사람이니까."

그는 여전히 모르겠다는 표정으로 바라보는 그 사람을 보았다. 그 사람은 그의 표정에는 아랑곳없다는 듯이 말을 이었다.

"나중에 알게 될 거야. 그보다는 오늘 자네에게 하나의 이야기를 해 주고 싶네. 자네를 이리로 데려 온 것은 그 때문이야."

"이야기요?"

"그래, 나중에 자네의 노래가 될 이야기지."

"깁니까?"

그는 피곤이 밀물처럼 밀려오는 것을 느끼면서 물었다. 오랜만에 배불리 먹어 식곤증까지 겹쳐 아무 곳에나 쓰러져서 자고 싶었다.

"길다면 길고 짧다면 짧지. 자네가 흥미를 느끼지 못한다면 짧게 될 것이고, 반대라면 길어질 걸세. 난 자네가 흥미를 느끼리라고 믿네. 자네 마음 속에서 영원한 노래로 살아야 하니까."

허리를 세운 그 사람은 눈을 감고 길게 숨을 들이마셨다. 잠시 후 머리카락과 수염으로 뒤덮인 얼굴에서 노래와도 같은 이야기가 흘러나오기 시작했다. 그 목소리는 동굴 벽을 나직하게 울릴 정도로 조용조용했다. 그러나 그는 이야기를 들으며 목까지 채워 오던 졸음이 스르르 밀려가는 썰물처럼 서서히 빠져나가는 것을 느낄 수 있었다.

19장

첫날 이후, 그 사람의 이야기는 달이 기울고 다시 차오를 때까지 밤마다 반복되었다.

이야기는 푸른 나무로 뒤덮인 섬, 누구도 밤에 치솟는 불길을 두려워하지 않았던 평화로운 섬에 대한 것이었다.

칼과 창과 채찍과 몽둥이가 없는 섬의 이야기였다.

무성한 숲에는 야자나무 열매, 바나나, 사탕수수 등이 풍요롭게 널려 있고 들판에서는 야생 토끼와 야생 닭을 쉽게 마주쳤던 시절의 이야기였다.

지금은 찾아볼 수 없는 사슴과 산양이 숲에서 무리를 지어 다닐 때의 이야기였다.

건기의 날씨가 화창한 날에는 카누들이 파란 바다를 한가롭게 미끄러져 갈 때의 이야기였다.

숲과 들판과 바다가 주는 양식들은 풍족해 필요한 만큼만 일하고 남는 시간은 한가롭게 햇빛과 바람을 즐기던 시절의 이야기였다.

우기의 맑은 날 밤은 노래와 춤의 축제로 밤을 밝히던 시절의 이야기였다. 우기의 비바람을 맞으며 산기슭의 바위에 땀과 피를 흘리지 않았던 때의 이야기였다.

돌아서 있는 자를 보면, 그가 누구든 따지기 전에, 본능처럼 굳어진 살의로 등판에 칼을 꽂는 상상은 꿈에도 하지 않던 시절의 이야기였다.

그리고 이야기는 길 잃은 한 사내의 카누를 따라 이방인의 배 세 척이 섬으로 들어오고 난 뒤로 이어졌다.

갈등과 대립이 불길로 치솟은 사건이 있었다.

지배하는 부족과 지배당하는 부족으로 갈라지고 계급이 생기고 증오와 분노가 섬을 뒤덮는 시간이 시작되었다.

석상들이 해안에 늘어서기 시작하고 꿈속까지 눈을 부릅뜨고 노려보는 듯한 공포가 섬을 지배했다.

나무들이 검게 타고 들판이 황폐해지고, 사슴과 산양이 사라지고 고통과 죽음이 일상이 되어 버린 것이다.

삶이 환한 햇빛 속의 기쁨과 즐거움이 아니라, 무거운 어둠 속의 슬픔과 절망이 된 섬의 이야기였다.

반복되는 그 이야기는 그를 극심한 혼란에 빠뜨렸다. 이야기를 듣는 날들 동안, 그의 감정은 엄청난 진폭을 그리며 변해 갔다. 그 사람이 같은 이야기를 반복한 것은 그의 감정 변화를 가늠했기 때문이기도 했을 것이다. 그가 자신의 이야기를 글자 한 자까지도 빠뜨리지 않고 외워 노래로 바꿔 주기를 기대한 것이 그 본래의 목적이라고 했지만.

　처음 며칠 동안 그를 사로잡은 감정은 '놀람'과 '당황'이었다. 그는 그 사람의 이야기를 믿을 수가 없었다. 섬이 숲과 들판으로 푸르고 사람들이 절망과 원한을 모르던 때의 이야기 말이다. 누구에게도 들어보지 못한 낯선 이야기였다. 산허리를 허문 바위로 만든 석상들이 우뚝우뚝 하늘을 찌르고 숲과 들판이 회갈색으로 변한 이 황폐한 섬을 보면서, 울창한 나무와 기름진 풀들로 푸르렀던 섬의 과거를 쉽게 떠올릴 수 없었다.

　그것보다 더 믿을 수 없는 것은 사람이었다.

　그의 경험과 생각으로 판단할 때 사람들이 그 사람의 이야기대로 예전에 살았다는 것을, 아니 살 수 있다는 것을 믿을 수가 없었다.

　누구도 누구를 지배하지 않고, 모두가 자유롭게 필요한 양식을 얻고 햇빛과 바람을 사랑할 수 있다는 사실을 믿을 수가 없었다.

사람들 사이에 평화가 바닷물이 항상 그 자리에 있는 것처럼 있을 수 있다는 것을 그는 믿을 수가 없었다.

　그의 경험과 생각에 따르면 사람은 두 종류가 있다.

　명령하는 사람과 명령받는 사람이다.

　지배하는 사람과 지배받는 사람이다.

　뺏는 사람과 뺏기는 사람이다.

　죽이는 사람과 죽는 사람이다.

　그리고 사람들 사이에 항상 공기처럼 존재하는 것은 서로에 대한 질시와 적의다. 그것이 일상적인 감정이다. 우정이나 친밀감 같은 것은 연합해 이익을 취할 때 일시적으로 파생된 물거품에 불과한 것이라고 그는 믿었다.

　처음 며칠 동안, 이야기를 끝내고 난 뒤 그 사람은 후렴처럼 덧붙이곤 했다.

　"당연히 놀랍고 믿을 수 없겠지. 하지만 내가 아홉 살이 되던 때까지 살았던 이 섬을 말한 것일세. 지금 자네의 눈으로 보는 이 섬이 현실이듯이 그것 또한 현실이야."

　그 다음 그를 사로잡은 감정은 '분노'와 '증오'였다.

　그 사람의 말을 믿게 되면서 생긴 감정이었다. 그 사람의 이야기를 들으면서 평화롭던 섬의 세계와 황폐하게 변해 버린 섬의 현실을 생각하면 분노가 무서운 불길로 타올랐다. 그리고 이 섬을 망쳐 놓은 자들에 대한 증오로 가슴이 오그라드는 것 같았다.

"분노와 증오는 무너뜨리는 힘이지, 세울 수는 없네."

"그럼 무엇을 하라는 겁니까?"

그는 터질 듯 붉게 달아오른 얼굴로 그에게 소리쳤다.

"그것은 자네가 찾아야 하네. 난 이야기를 하는 사람일 뿐이야. 내 몫과 자네의 몫은 다르네."

마지막으로 그를 사로잡은 감정은 '슬픔'과 '그리움'이었다.

나직나직 읊조리는 그 사람의 이야기를 듣고 있으면 태풍 때의 해일처럼 덮쳐오는 슬픔으로 몸을 가누기가 힘들었다. 그가 경험하지도 생각하지도 못한 그 아름다운 세계와, 고통과 죽음이 일상처럼 되어 버린 이 회색의 세계를 생각하면 슬픔이 샘물처럼 차오르기 시작했다.

그 세계에 대한 그리움이 견딜 수 없는 슬픔으로 솟아났다.

마지막 며칠 동안은, 그 사람이 이야기를 끝낼 때쯤이면 그의 얼굴은 눈물에 흠뻑 젖었다.

"슬픔은 그 출발이 되지."

그는 가라앉은 목소리로 대답했다.

"어떻게 해야 합니까?"

"그것 역시 자네가 찾아야 하네. 이 이야기를 큰 노래로 바꾸는 것은 자네의 몫이야."

다음 날 밤 동굴을 찾았을 때 그 사람은 사라지고 없었다. 그는 그 사람을 찾아 며칠 동안 섬을 샅샅이 뒤졌다. 그러나 섬 어디에도 그 사람의 모습은 보이지 않았다.

20장

그 사람이 사라지자 그는 눈앞이 캄캄해진 느낌이었다. 둘러보면 온통 시퍼런 물뿐인 바다 한가운데서 길을 잃은 느낌이기도 했다.

지금까지 그를 바다로 이끌어낸 것은 그 사람의 이야기였다. 처음은 놀람과 당황 속에서, 그 다음은 분노와 증오로, 그리고 슬픔과 그리움에 이끌려 그는 바다 한가운데로 나왔다. 이제 원래 있던 자리로 되돌아갈 수는 없는 일이다. 그는 가야 할 곳이 있다. 가슴이 터질 듯한 간절한 그리움으로 가고 싶은 '섬'이 있다.

그러나 무엇으로 어떻게 '그 섬'으로 가야 할지 그 길을 알 수 없었다.

그는 산이나 들판에서 괴성을 지르는 짓을 그만 두었다. 괴성은 가슴 속의 절망과 원한을 일시적으로 배출할 수 있을 뿐이다. 그런 괴성으로는 이제 자신의 가슴이 타들어 가는 갈증을 달랠 수가 없었다. 저 깊은 슬픔과 그리움에 가닿을 수는 더욱 없었다.

그는 깊은 생각에 잠겼다. 망치로 돌을 깨면서 정과 끌로 다듬으면서 생각하고 생각했다. 새벽에 들판을 걸으면서, 하루의 노역이 끝나고 굴이나 조개를 따는 바닷가에서, 깊은 어둠이 덮인 산 중턱의 바위 위에서 그는 생각하고 생각했다.

'어떻게 그 섬을 찾을 수 있을까?'

'어떻게 그 섬으로 갈 수 있는가?'

이제 그의 이름은 '생각에 잠긴 자'가 되었다.

오래고 오랜 생각 끝에 그가 처음 찾아낸 길은 섬의 질서를 바꾸는 것이었다.

그 방법은 몇 번의 반란이 그랬듯이, 밤에 불길을 올리는 것이다. 그는 부심(腐心)하며 그 구체적인 방법을 찾아보았다. 중요한 것은 지배 질서의 그물을 찢을 수 있는 힘이다. 그 힘은 사람에게서 나올 수밖에 없다. 그러니까 사람을 모으는 것이 중요하다. 현재 지배 부족인 단이족의 질서를 뒤엎으려면 그에 걸맞은 힘이 필요하다.

그의 생각이, 이제는 한 부족으로 취급되는, 자신이 속한 혼혈족에 이른 것은 당연했다. 한 쪽 귀는 장이족이고 한 쪽 귀는 단이족인 혼혈족이 하나로 힘을 모은다면 가능할 것이다. 장이족이 온 후, 칠십여 번의 우기가 지나는 동안 혼혈족의 수는 급격하게 늘어났다. 이제 가장 많은 단이족보다는 적지만, 장이족보다는 많아 중간 정도에 이른다. 이들이 힘을 합한다면 불길을 올리지 못할 것도 없다는 판단이었다.

문제는 힘을 하나로 모으는 것인데, 그것도 그가 나선다면 가능할 것 같았다. 그는 '괴상한 소리'라는 이름을 얻을 때부터 섬의 부족들에게, 특히 혼혈족에게는 주목의 대상이었다. 비록 미친 것 같은 괴성이긴 하지만, 섬의 질서에 저항하는 그의 행동은 다른 혼혈족들에게 일종의 대리만족을 느끼게 했다. 청년기가 되면서 눈에 띄게 건장해진 그의 몸도 눈길을 끄는 요인이 되었다.

그러나 그 정도라면 그가 혼혈족들의 마음을 하나로 모으는 구심점 역할을 할 수는 없을 것이다. 보다 중요한 이유는 다른 곳에 있었다. '생각에 잠긴 자'라는 이름이었다. 이 이름을 그에게 준 시간들이 이제 그를 혼혈족들의 정신적 지도자로 만들어 주었다. 몇 번의 우기를 항상 생각에 빠져 보내면서 그는 진중해졌고, 이마에는 깊은 주름살이 새겨졌다. 그의 태도와 얼굴은 깊은 사려와 밝은 지혜만이 빚어낼 수 있는 것이 되었다.

누구라도 그것을 인정하지 않을 수 없었다.

그가 앞으로 나선다면 혼혈족들의 힘을 하나로 모을 수 있을 것이다. 더구나 영원한 노예 상태로 생을 마감해야 한다는 캄캄한 절망을 찢을 길을 보여 준다면 혼혈족들은 무섭게 뭉칠 것이다.

그런데, 문제는 그 다음이었다.

'성공해 섬의 지배 부족이 된다면 어떻게 될까?'

'우리 부족이 이 섬을 그렇게 만들 수 있을까?'

그는 수없이 그런 질문을 자신에게 했고, 매번 고개를 가로저을 수밖에 없었다. 지금까지 몇 번이나 불길이 치솟았고 지배 부족이 바뀌었다. 그 때마다 달라진 것은 지배하는 부족과 지배받는 부족의 자리뿐이었다.

감시와 억압, 분노와 증오의 섬 질서는 여전했다. 오히려 섬과 사람들의 마음은 반복되는 불길에 의해 더 황폐해졌다. 혼혈족이 지배 부족이 된다고 해도 역시 마찬가지가 될 것이었다. 혼혈족은 채찍과 칼로 장이족과 단이족을 다스리고, 두 부족은 호시탐탐 혼혈족의 등에 창을 꽂을 날을 노릴 것이다.

혼혈족은 두려움 속에서 더욱 잔인하게 두 부족을 노역으로 내몰 것이지만, 결국 어느 밤 치솟는 불길 속에서 다시 밤하늘을 자신들의 비명으로 찢고 피로 물들일 것이다.

'분노와 증오는 무너뜨리는 힘이지, 세우지 못한다'는 그 사람의 말을 그는 살갗을 파고 들어오는 가시처럼 아프게 느꼈다. 그렇다. 혼혈족의 분노와 증오를 부추겨 반란에 성공할 수는 있다. 그러나 그런 다음은 어떻게 될 것인가. 꼬리를 물고 서로의 몸통을 씹는 뱀처럼, 섬은 여전히 고통과 절망에서 벗어나지 못할 거라는 판단이 들었다.

실제로 그는 몇 명 혼혈족의 젊은이들에게 그들이 지배 부족이 될 수 있는 가능성에 대해 운을 띄운 적이 있었다. 그 때 그들의 눈을 가득 채운 것은 피에 대한 갈망이고 복수의 열망이었다. 장이족이 도래한 이후 지금까지의 섬의 역사가 잘 말해 주듯이, 피는 피를 부르고 복수는 복수를 부른다. 그가 꿈꾸는 섬은 더욱 아득히 멀어질 뿐이다.

그가 여섯 번의 우기를 보낼 동안 생각에 생각을 거듭하며 고뇌한 것은 바로 이 때문이었다. 피와 복수의 순환을 끊어 내야 섬은 고통과 절망에서 벗어날 수 있을 것이지만, 그 길은 보이지 않았다. 다만 알 수 있는 것은 지금까지와 같은 불길과 칼과 창의 힘으로는 안 된다는 것뿐이었다. 가슴을 가득 채운 갈망이 고통스러운 갈증처럼 아프게 목을 찢는 것을 느끼면서도, 그는 나갈 길을 찾을 수가 없었다.

21장

그 날, 그가 자신도 모르게 '그 이야기'를 낮은 노래로 부르기 시작한 것은 더 이상 견딜 수 없는 그리움 때문이었다.

낮은 안개가 산기슭에 깔린 우기의 어느 날, 몇십 명의 사람들이 거대한 석상을 만들 어마어마하게 큰 바위에 달라붙어 작업을 하고 있을 때였다. 그의 입에서 작은 노랫소리가 흘러나오기 시작했다.

노래는 그 사람에게서 들었던 이야기였다. 그 이야기가 바닷물이 일렁거리는 듯한 가락을 얻어 안개 속으로 나직나직 퍼져 나가고 있었다. 처음 그의 귀가 그 소리를 들었고, 그는 그 소리가 자신의 입에서 나온 것이라는 사실을 알고 당황했다.

그러나 한번 입에서 흘러나오기 시작한 노래는 그 스스로도 그칠 수가 없었다. 그의 가슴에서 수없이 메아리로 휘돌던 소리가 길을 찾은 것이다. 그는 아득하게 풀려 나가는 자신의 노래에 몸을 맡길 수밖에 없었다.

이제 그는 노역장에서 돌을 쪼고 다듬을 때나, 야자나무나 바나나나무에서 열매를 딸 때, 들판에서 얌이나 고구마를 캘 때, 바닷가에서 굴이나 조개를 채취할 때, 카누를 타고 고기를 잡으러 나가고 들어올 때, 항상 노래를 불렀다. 낮지만 넓고 멀리 퍼져 나가는 노래였다.

처음 그의 노래를 들은 사람들은 그와 같이 일하는 혼혈족들이었다.

'노래라니……'

그들은 실망을 금할 수 없었다. 그들은 은근히 그에게 기대를 걸어온 터였다. 남다른 용력과 무언가 깊은 비밀을 간직한 듯한 태도가 그들에게 일종의 희망이 되어 준 것이다. 그가 자신들의 고통을 벗어나게 해 줄 지도자라는 은밀한 소문도 돌고 있는 판국이었다. 혼혈족들은 굳게 입을 다문 그의 가슴 속에서 자신들의 소망이 어떤 형태로든 결실을 맺어가고 있을 거라고 믿고 있었다.

'그런데 오랜 침묵을 깬 그의 입에서 나온 것이 고작 노래라니……'

그들은 자신들의 실망을 그에 대한 외면으로 갚아 주었다.

그는 그런 외면 속에서도 쉬지 않고 노래를 했다.

해가 뜨고 지고, 달이 차고 기울고, 우기와 건기가 지나가는 동안 그의 노래는 그치지 않았다. 그를 외면하던 사람들도 끊이지 않고 흘러나오는 그의 노래가 귀에 들어오는 것은 막을 수 없었다. 귀에 들어오기 시작한 노래는 서서히 사람들의 가슴을 적시기 시작했다. 이제 그의 노래에 귀를 기울이는 사람들이 생겨났다. 그 사람들은 달빛에 이끌려 밀려드는 바닷물처럼 소리 없이 불어나고 있었다.

그의 노래를 듣고 그 뜻을 알게 된 사람들이 보인 반응은 그가 보였던 반응과 거의 유사했다. 처음은 놀람과 당황이었고, 그 다음은 분노와 증오였으며, 마지막은 슬픔과 그리움이었다.

네 번의 우기와 건기가 지났을 때, 노래는 섬의 이곳 저곳에 퍼지고 스며들었다. 처음에는 혼혈족의 사내들에게서 여자와 아이들로 퍼졌고, 피지배 부족인 단이족으로 옮겨 갔다. 그 사이 장이족의 반란이 성공해 지배 부족이 바뀌어 있었다.

장이족은 혼혈족과 단이족이 노래를 듣고, 그 노래를 부르기까지 한다는 사실을 잘 알고 있었다. 노래가 그들을 움직이는 보이지 않는 힘이라는 것도 느낄 수가 있었다. 그러나 그 이유만으로 어떤 조치를 취할 수는 없었다. 그들은 다만 노래를 듣고 부를 뿐이다. 노역을 거부하거나 돌멩이를 든다면 채찍과 칼로 응징할 수 있다. 하지만 그저 노래를 듣고 부르는 자들에게 벌을 줄 수는 없는 일이었다.

장이족은 또한 그 노래의 중심에 혼혈족의 한 사내가 있다는 것을 알고 있었다. 그의 이름은 이제 많은 사람들이 붙여 주고 불러 주는 '큰 노래'가 되어 있었다. 그 '큰 노래'를 잡아들여 처형해야 한다고 주장하는 자들도 있었다.

그러나 열세 번의 우기를 견디다 새로운 지배 부족이 된 장이족은 순식간에 자신들의 권력을 뒤흔들 수 있는 사태를 피하고 싶었다. 그들은 그 사내의 노래가 혼혈족과 단이족, 심지어는 장이족에게까지 뿌리를 깊이 내리고 있음을 알고 있었다. 섣불리 그 사내를 건드렸다가는 오히려 단이족의 반란에 빌미가 될 수 있었다.

혼혈족과 단이족의 가슴을 적신 노래는 장이족에까지 스며들었다. 이제 사람들은 혼자이건 여럿이건 노래를 듣고 불렀다. 때와 장소를 가리지 않고 노래는 흘러나왔다. 노래가 없는 하루는 생각할 수가 없을 정도였다.

노래가 섬사람들의 마음에 깊이 스며들면 들수록 그들의 그리움도 깊어졌다. 산기슭 노역장의 바위와 숲과 들판과 바다를 그들의 간절한 그리움의 눈물이 적시고 적셨다.

그러므로 섬의 질서가 완전히 새롭게 바뀌게 되는, 그 운명의 날은 우연히 찾아온 것만은 아니었다. 그들이 흘린 그리움의 눈물이 넘치고 넘쳐 바위처럼 굳어진 둑을 마침내 무너뜨린 것이다.

그 날은 전형적인 건기의 날씨였다. 하늘은 높고 푸르며 햇빛은 눈부시게 맑고 밝았다. 시기나 날씨로 보아 숲과 들판의 열매를 거두어들이기에 적합한 날씨였다. 단이족과 혼혈족의 여자들은 산자락부터 섬 동쪽으로 넓게 흘러내린 들판에서 고구마와 얌을 캤다. 두 부족의 사내들은 섬 남쪽의 숲에서 야자나무 열매와 바나나를 땄다. 무장을 한 장이족의 사내들이 숲의 동태를 감시하고 있었다.

다른 날처럼 들판과 숲에서 노랫소리가 울려 퍼지기 시작했다. 며칠 간 계속된 맑은 날씨로 가벼워진 공기 때문인지 노랫소리는 다른 날보다도 더 넓고 더 높이 울려 퍼져 섬을 고요히, 그러나 강하게 흔들고 있었다. 마치 그 노랫소리가 밀어 올린 것처럼 둥근 태양이 하늘 높이 솟아올랐을 때 들판의 여자들과 숲의 사내들 모두 일손을 놓았다.

누가 선동한 것은 아니었다. 만월(滿月)에 밀물이 들듯 오래 불러 온 노래가 자연스럽게 그들 맨 앞자리에 서 있었다.

이 눈부시게 아름다운 날에 더 이상 노예의 노동을 할 수는 없었다. 그것은 오랜 그리움으로 꿈을 꾼 사람들만이 스스로 깨달을 수 있는 것이었다. 바다처럼 깊고 넓은 그리움으로 가득 찬 가슴 속에 이제 두려움 따위는 들어설 자리가 없었다.

더 크게 노래를 부르며 그들은 흐르는 물결처럼 하나로 모여 섬의 중앙 광장으로 걸어가기 시작했다. 가슴 속에서 오래 넘실대던 그리움의 물결이 서로의 길을 찾아 흘러나오기 시작한 것이다.

자연스럽게 사람들의 앞에는 '큰 노래'가 서게 되었다.

장이족의 감시병들은 칼과 창을 빼 제지하려 했다. 그러나 도도한 물결처럼 흐르기 시작한 사람들 앞에서 칼과 창은 이미 그 힘을 잃고 있었다. 마을에서 장이족의 여자들과 아이들이 그 노래에 이끌려 나오기 시작했고, 감시병들 중 많은 사람들도 그 노래를 따라 부르기 시작했다. 그들도 얼마 전까지 고통과 절망의 억압 속에서 그 노래를 부르던 사람들이었다. 칼과 창을 쥔 팔을 들어 올릴 수가 없었다.

마침내 섬의 거의 모든 사람들이 중앙 광장으로 몰려나와 노래를 불렀다. 마지막까지 칼과 창을 들고 있던 장이족의 왕과 귀족도 더 이상 그 노랫소리에 저항할 수 없었다.

노랫소리는 오랫동안 섬을 뒤덮고 있던 절망과 죽음의 어둠을 찢고 말았다. 이제 기존의 섬 질서를 완전히 폐기하고 모든 사람들의 가슴 속에 있는 노래의 질서를 찾아야 했다. 그 일을 맡은 사람이 '큰 노래'였다.

'큰 노래'가 첫날 한 일은 모든 노예 노동을 폐지한 것이었다. 일하는 자와 감시하는 자가 있는 노예 노동을 없애고 모두가 필요한 식량을 위해 함께 일하는 것으로 바꾸기로 했다. 자연스럽게 석상을 만드는 노역도 폐지되었다. 석상을 만들고 세우는 일은 짓밟는 자와 짓밟히는 자의 불안과 공포가 빚어낸 노예 노동의 상징이었다.

다음 날 '큰 노래'는 섬사람들과 함께 두 가지 일을 했다. 먼저 칼과 창 같은 무기를 모아 칡넝쿨로 묶었다. 그리고 그것을 카누 열 척에 싣고 먼 바다로 나가 바닷속에 던져 버렸다. 피와 죽음을 먹어 온 쇳덩이들을 깊은 바닷속에서 영원히 쉬게 하려는 것이다.

그 다음으로 한 일은 단순히 하루만에 끝나지 않았다. 그 동안 몇 차례나 치솟은 불길로 살육을 당한 사람들의 유골을 수습하는 일이었다. 죽은 자 대부분은 패배한 자들이고 그들의 유해는 구덩이에 던져져 흙으로 대충 덮여 있었다. 나흘에 걸쳐 야자나무 숲의 여러 구덩이에서 파낸 유골들을 모아 쌓으니 산더미 같았다. 유골들 앞에서 섬사람들은 입을 벌린 채 넋을 잃었다. '큰 노래'는 그 유골들을 섬 남쪽의 양지바른 곳에 묻어 주자고 했다. 반대하는 사람들은 아무도 없었다. 다 함께 힘을 합쳐 유골을 운반해 섬의 남쪽 산기슭에 큰 봉분을 만들었다. 사흘이 걸렸다.

그 다음 날 '큰 노래'는 세 부족을 모두 중앙 광장으로 모이게 했다. 다 모였을 때 '큰 노래'가 앞으로 나섰다.

"이것이 제가 여러분 앞에서 부르는 마지막 노래가 될 것이오. 우리는 귀로 세 부족을 표시해 왔소. 그것이 차별과 특권의 표시였다는 것은 우리 모두가 잘 알고 있는 사실이오. 이제 그런 표시를 없애야 할 것이오. 단이족은 두 귀에, 혼혈족은 나머지 한 귀에 귀걸이를 하면 될 것이오."

사람들은 '큰 노래'의 제안에 노래로 화답했다. 그들은 그날로 바닷가로 몰려가 산호를 따 귀걸이를 만들어 달았다.

이렇게 그의 노래를 완성한 '큰 노래'는 다음 날 산의 동굴로 들어갔다. 그 이후 종종 숲이나 들판, 바닷가에서 그의 모습을 볼 수는 있었지만, 그는 다시 마을로 내려오지 않았다.

그리하여 섬은 하나의 부족으로 바다처럼 평화로우니 해와 달 아래에서 영원하여라!

22장

"그리하여 섬은 하나의 부족으로 바다처럼 평화로우니 해
와 달 아래에서 영원하여라!"

나는 눈을 지그시 감은 채 마지막 구절을 세 번 반복해 읊었
다.

내 구송을 받은 다섯 사제가 합창하듯 구절을 세 번 반복하
고 광장에 둘러앉은 부족민들이 뒤를 이어 세 번 따라 읊었다.
마지막 구절만은 사제뿐 아니라 부족민 모두가 합창하는 것
이 관례이다. 이천 오백여 명이 넘는 부족민들이 함께 읊는
이야기는 웅장한 노래처럼 광장을 휘돌아 들판으로 넓게 퍼
져 갔다.

그러나 나는 다른 때와 달리 소리가 잘 모아지지 않고 가뭄
때의 땅바닥 같이 여기저기에서 균열이 가는 것을 느낄 수 있

었다. 우선 내 목소리를 받는 다섯 사제들의 목소리부터가 낮게 가라앉으면서도 힘있게 퍼져 나가는 소리가 아니었다. 어딘가 허공에 떠서 버석버석하게 윤기가 빠지는 느낌을 주었다.

광장을 메우고 둘러앉은 부족민들의 소리는 한층 더 허술하게 들렸다. 거칠지는 않지만 보기만 해도 거대한 힘을 느낄 수 있는 파도처럼 사람들을 열정에 몰아넣는 예전의 소리가 아니었다. 구절의 끝은 땅으로 스르르 깔려 버릴 정도로 맥이 없었다. 내 소리부터도 예전과 달랐다. 아까부터 이방인들이 닻을 내린 해안에서 음악 소리와 냄새가 바람에 실려 와 집중을 하기가 어려웠던 것이다.

나는 눈을 감고도 광장의 여기저기에서 동요하는 기색을 감지할 수 있었다. 구송 도중에는 눈을 뜨지 않는 전례를 어기고 사이사이 살펴보았을 때, 뒤쪽에서 하나둘 자리를 빠져 나가는 자들도 보였다. 특히 이야기가 막바지에 이르렀을 때는 몇 명이 한꺼번에 자리를 뜨는 것도 보였다. 물론 다른 때도 피치 못할 생리적인 욕구 때문에 구송 도중 자리를 뜨는 경우도 있었지만, 오늘처럼 많은 사람들이 자리를 이탈하는 경우는 없었다. 이런 경우에 대비하라고 어젯밤 제자들에게 당부했지만, 그들은 제 역할을 하지 못하고 있었다.

나는 눈을 떴다. 다른 때는 구송이 끝나고 눈을 지그시 감은 채 이야기가 주는 여운을 따라 명상에 잠기곤 했다. 수백 년 전 조상들의 이야기지만, 그들이 고통과 절망, 죽음을 극복하고 다시 섬을 기쁨과 희망과 생명의 질서로 되돌린 이야기는 항상 내게 감동과 힘을 주곤 했다. 그러나 지금은 명상을 할 여유가 없었다.

눈을 뜬 나는 주위의 사제들에게 말했다.

"서둘러야 할 것 같소이다. 각 구역의 사람들을 인솔해 산으로 갑시다. 일단 각 구역마다 지정된 동굴들을 사용해 주시오."

구송을 멈추자 해안에서 바람에 실려 오는 음악 소리가 한층 더 크게 들렸다. 불에 익어 가는 고소한 고기 냄새가 코를 찔렀다. 내가 이마를 찡그리며 소리가 들려오는 쪽으로 고개를 돌렸을 때, 원을 풀기 시작한 부족민들 사이에서 작은 소요가 일기 시작했다. 한 사내가 부족민들 사이를 헤치고 다니며 소리치고 있었다.

"저 친구 분들이 식사에 초대했소이다. 오늘은 젊은 남자 분들만 가십시오. 내일은 노인과 어린 아이, 여자 분들도 초대한답니다. 한꺼번에 다 대접할 수는 없으니까요. 맛있는 고기 요리와 멋진 음악이 준비돼 있어요. 저 친구 분들이 여러분을 우정으로 초대하는 겁니다. 나를 따라오세요. 자, 저 바닷가로 갑시다."

그 자는 이방인들과 함께 온, 우리 부족의 말을 할 줄 아는 자였다. 그 자의 소리는 일종의 주술처럼 사람들을 끌어당겨 상당수의 사내들이 그의 뒤를 따르고 있었다. '살찐 토끼' 구역의 사제 '높은 바람'이 혀를 차면서 말했다.

"이런 상태에서 산으로 가기는 쉽지 않겠소이다."

'고구마가 많은 곳' 구역의 '잘 자란 풀'이 말을 받았다.

"그럼 어떻게 하면 좋겠소이까?"

이번에는 '거북등' 구역의 '큰 주먹'이 나섰다.

"우리가 너무 지레 겁을 먹고 있는 것 아니오? 일단 저들의 초대에 응하는 것이 어떻겠소이까. 가서 살펴보고, 여차하면 산으로 피하면 될 것 아니겠소."

순간, 벌겋게 단 부젓가락이 찍은 상처처럼 내 머릿속에 새겨진 장면이 날카로운 통증과 함께 떠올랐다. 연약한 짐승처럼 버둥거리던 '흐르는 시냇물', 생전 경험해 보지 못한 공포 앞에서 터져 나오던 그녀의 새된 비명 소리, 막대기 끝에서 뿜어져 나와 허벅지를 찢던 번갯불, 훅 끼치던 풀 냄새와 피 비린내.

나는 벌떡 일어섰다. 내가 돌연 일어서자 나머지 사제들도 엉거주춤 따라 일어섰다.

"그건 안 될 말이오. 저들이 어떻게 나올지 모르는 일이오. 어젯밤에 합의한 대로 해야 할 것이오."

"하지만, 이미 저렇게 가고들 있는 것을 어떻게 하면 좋겠소?"

'높은 바람'이 답답하다는 듯 말했다. 사실이 그랬다. 부족민들의 행동을 강제로 규제하는 것은 거의 불가능한 일이었다. 족장이나 사제의 역할도 전통적인 관례를 지키고, 합의를 통해 부족민들에게 권유를 하는 정도의 범위를 벗어날 수 없었다. 명령이나 제재는 부족민들에게 낯선 것이었다.

물론 나도 그런 정황을 모르는 것이 아니었다. 하지만 지금은 어떻게든 해안으로 몰려가는 것을 막아야 한다는 다급한 생각에 목소리를 높였다.

"자, 다들 자기 구역의 사람들을 챙기시오. 빨리 서두릅시다."

내 단호한 목소리와 강경한 태도에 사제들은 고개를 끄덕이며 따르겠다는 표시를 했다.

나는 성소에서 광장으로 걸어 나오며 주위를 휘둘러보았다. 옆에 있어야 할 '빠른 발'이 보이지 않았다. 그것은 다른 사제들도 마찬가지인 것 같았다. 모두들 제자들의 이름을 부르며 허둥대고 있었다. 스승의 부름에 달려오는 자도 있었지만, '빠른 발'은 보이지 않았다. 아들인 '큰 날개'도 보이지 않기는 마찬가지였다.

광장의 부족민들의 동요는 점점 심해져 바람에 쏠리는 물결이 되고 있었다. 광장의 남서쪽, 이방인들이 닻을 내린 언덕 앞 들판으로 가는 부족민들이 파도를 이루었다. 주축이 된 젊은 남자들이 대부분이었지만, 여자나 아이들도 상당수 뒤따르고 있었다.

광장에 남은 부족민들은 엉거주춤 서서 몰려가는 물결을 바라보고 있었다. 제자들도 그 물결에 휩쓸렸는지 아니면 그 물결을 막으려고 갔는지, 지금으로는 알 수 없었다.

"어떻게 했으면 좋겠소? 저들을 그냥 두고 나머지만 산으로 갈 수는 없잖소."

부족민들의 물결을 멍한 표정으로 바라보던 '높은 바람'이 나를 보며 물었다. 맞는 말이었다. 이 상태에서 나머지만 데리고 산으로 간다는 것은 족장이나 사제로서 취할 행동이 아니었다.

'어떻게든 저들을 막아야 한다!'

나는 결단을 내렸다.

"그렇소. 이제 곧바로 산으로 가기는 어렵게 되었소. 가서 저들을 설득해 데리고 가야겠소. 자, 갑시다."

나는 앞장을 서 광장을 빠져 나갔다. 다섯 사제들이 내 뒤를 따랐다. 광장에 남아 있던 부족민들이 우리의 뒤를 따라 발걸음을 옮기기 시작했다.

광장을 벗어나 토끼풀이 싱싱하게 깔린 들판을 이백 걸음쯤 걸어 낮은 구릉을 오르자 구릉 아래에 넓게 펼쳐져 들판을 이룬 언덕이 한눈에 들어왔다. 이방인들의 배는 그 언덕이 끝나는 만(灣)에 검은 머리를 들이밀고 있었다. 구릉에서 백 오십여 걸음쯤 떨어진, 만 앞 들판에는 수많은 사람들이 무리를 지어 모여 있었다. 이방인들은 배에서 가까운 해안 쪽에 서 있고, 그 앞에 부족민들이 무리지어 있었다.

나는 급한 걸음으로 걸었고, 사제들이 뒤를 따랐다.

다가가며 보니, 들판의 풀밭 위에는 이미 여러 차례 전해 들었던 갖가지 물건들이 섬에서는 볼 수 없는 모양과 빛깔로 눈길을 끌고 있었다. 물건들 사이사이 음식으로 보이는 것들이 네모꼴의 울긋불긋한 천 위에 가득가득 차려져 있었다.

풀밭 한 쪽에 나란히 선 이방인들이 여러 모양의 악기들로 소리를 내고 있었다. 호기심을 참지 못한 부족민들 상당수는 이미 물건과 음식에 가까이 다가가고 있었다. 이방인들은 이빨을 드러내고 웃으면서 부족민들의 팔을 잡아끌었다. 다만 여자와 아이들은 물건과 음식에 가까이 오지 못하도록 밀어내고 있는 것 같았다.

나와 사제들이 그 곳에 도착했을 때는 이미 많은 부족 남자들이 그들이 준 물건들을 한 손에 든 채 풀밭에 앉아 음식을 먹고 있었다. 섬에서는 맡을 수 없는 독특하고 강한 냄새가 코를 찔렀다. 그 냄새는 아침부터 아무것도 먹지 못한 내 후각을 날카롭게 자극했다. 본능적인 식욕이 위를 훑고 지나갔다. 구송이 있는 날 아침은 물만 마시는 전통이 있기에 부족민들 모두 마찬가지일 것이다.

우리 부족의 말을 할 줄 아는, 이방인들과 함께 온 자가 우리를 발견했다. 그 자는 이방인들의 우두머리로 보이는 울긋불긋한 모자를 쓴 자에게 가서 뭐라고 말했다. 그 자의 말을 들은 모자 쓴 자는 그 자를 앞세우고 우리 앞으로 다가왔다. 열다섯 명 가량의 이방인들이 모자 쓴 자의 뒤를 따랐다.

우리 앞으로 온 모자 쓴 자가 앞장 서 있는 내게 손을 내밀었다. 나는 모자 쓴 자의 웃는 얼굴로 보아 그것이 그들의 인사라는 것을 짐작할 수 있었다. 나는 손을 내밀지 않았다. 시선을 그 자의 손에서 얼굴로 옮겼을 뿐이었다. 모자 쓴 자가 어깨를 으쓱하며 손을 거두고 우리말을 할 줄 아는 자에게 뭐라고 말했다. 그 말을 받아 그 자가 말했다.

"이 분께서는 여러분들을 환영하십니다. 식사에 섬 대표이신 여러분들을 초대하신답니다."

나는 모자 쓴 자를 똑바로 바라보며 말했다.

"우리는 식사를 하러 온 것이 아니오. 우리의 부족민들을 데려가기 위해 온 것이오."

내 말을 전해 들은 모자 쓴 자가 다시 우리말을 할 줄 아는 자에게 말했고, 그 자는 내게 말했다.

"식사를 한 뒤에 마음에 드는 물건을 골라 가져가라고 하십니다. 초대를 거절하는 것은 좋지 않은 일이라고 하십니다."

내가 그 말에 대답을 하려고 할 때, 등 뒤 저쪽에서 여자들의 비명이 섞인 작은 소란이 일었다. 나는 돌아보았다. 몰려와 있는 부족의 여자들과 아이들, 노인들 무리 사이에서 벌어진 소란이었다. 남자들과 달리 물건과 식사에 접근이 허락되지 않는 그들을 이방인들이 줄지어 경계선을 만들어 막고 있었다. 호기심과 허기에 자극을 받은 몇 명의 노인과 여자들이 그 경계선을 넘으려 했다가 이방인들의 저지를 받고 넘어진 것 같았다.

그렇다고 뒤쪽 들판에 모여 선 부족의 여자와 아이들, 노인들이 모두 호기심과 허기로 자극 받아 온 것은 아니었다. 앞쪽에 몰려 서 있는 부족민들은 그런 축에 속했지만, 뒤쪽에 서 있는 부족민들은 남편이나 자식의 형편이 궁금하고 걱정되어 온 사람들이라는 것을 나는 짐작할 수 있었다. 아까 부족민들 사이를 지나올 때 그들 속에서 걱정스러운 눈초리로 보고 있는 아내 '작은 길'과 막내딸 '가벼운 깃털'도 볼 수 있었으니까.

내가 고개를 돌리자 그 사이 모자 쓴 자의 말을 받았는지 이방인들과 함께 온 자가 말했다.

"여자들과 아이들과 노인들은 내일 식사에 초대하고 물건을 줄 거랍니다. 걱정하지 말랍니다."

모자 쓴 자가 손으로 옆 풀밭 위를 가리켰다. 거기에는 다른 곳보다 더 화려한 천 위에 우리 섬에서는 보지도 못한 많은 음식들이 차려져 있었다. 사제들의 눈길이 일제히 그 쪽으로 쏠렸다.

이방인들과 함께 온 자가 우리를 잡아끌듯이 손짓을 했고 몇은 그 곳으로 성급한 걸음을 옮겼다. 나도 순간 그 쪽으로 가 앉고 싶은 유혹을 강하게 느꼈다. 내가 너무 이들을 의심하고 있는 것은 아닌가 하는 생각이 뒤따라 떠올랐다.

'이들은 지난번에 와 물건을 남겨 두고 떠난 사람들처럼 다만 호의로 이러는지도 모른다. 그렇다면…… 그러나……. 아니, 아니다!'

나는 마음 속으로 머리를 강하게 저었다. 단순한 호의로 보기에는 이상한 점이 한둘이 아니다. 지난번에 온 사람들은 하루를 머문 뒤, 섬 부족민들이 다가가지 않자 물건들만 남기고 그냥 떠나갔다. 호의를 베풀기 위해서라면 이들처럼 며칠이나 머물며 기어이 섬사람들과 접촉하려고 하지는 않을 것이다.

생각하면 생각할수록 무언가 이상했다.

내가 잠시 생각에 빠져 있는 사이에 사제들은 풀밭으로 가자리를 잡고 앉았다. 이미 음식을 먹고 있는 사제도 있었다.

이방인들과 함께 온 자가 내 팔을 잡아 이끌었다. 나는 팔을 조용히 뿌리치며 들판을 둘러보았다. 주변 풀밭에서는 천여 명이 넘는, 부족의 남자들 거의 전부가 수십 명씩 무리를 지어 앉아 먹고 마시고 있었다.

저만큼 뒤쪽에는 이백 명도 넘어 보이는 이방인들이 가로로 길게 줄을 지어서 부족의 여자들과 아이들 노인들 앞을 가로막고 있었다. 그들 모두는 긴 칼을 허리에 차고 있었다. 칼뿐 아니라 불을 뿜어내는 막대기까지 들고 있는 자들도 수십 명은 돼 보였다. 이방인들의 줄 끝에는 열 명 가량의 이방인들이 이쪽을 보고 나란히 서서 음악을 연주하고 있었다. 이들도 허리에는 칼을 차고 있었다. 그리고 나와 사제들 주위에는 모자 쓴 자와 그를 따르는 이방인이 열다섯 명 가량 있었다. 이들은 모두 불을 뿜는 막대기와 칼을 함께 갖고 있었다.

주위를 둘러본 순간, 문득 내 머리에 한 깨달음이 화살처럼 날아와 박혔다.

'우리는 이들의 그물 속에 들어 있는 거다! 함정이다!'

여자들과 아이들, 노인들 앞을 막고 있는 이방인들이 돌아서서 남자들을 조여든다면 남자들이 도망갈 곳은 바다뿐이다. 그 바다에는 저들의 배가 기다리고 있다.

나는 빠른 걸음으로 사제들이 있는 자리로 갔다.

"그만들 하시오. 빨리 이 곳에 있는 사람들을 데리고 가야 하겠소."

내 단호한 어조에 사제들은 먹기를 멈추었다. 내가 쏘아보는 강한 눈길에 이끌려 엉거주춤 일어서는 사람도 있었다.

나는 주위를 둘러보고 가장 크고 멀리 퍼지는 목소리로 외쳤다.

"자, 이제 그만들 하라. 선물을 받고 먹었으니 일어나라. 일어나서 감사를 표하고 마을로 돌아가라. 더 이상 대접을 받는 것은 부끄러운 일이다."

평소에 들을 수 없을 정도로 강한 내 목소리는 부족 남자들에게 영향을 주었다. 나는 사제이자 족장이었다. 내 말을 듣고 이곳 저곳에서 자리를 털고 일어나는 부족민들이 많았다.

부족민들을 휘둘러본 모자 쓴 자가 이방인들과 함께 온 자에게 뭐라고 빠른 목소리로 말했다. 고개를 크게 끄덕인 그 자가 뛰어가며 큰 목소리로 외쳤다.

"자, 저 배 안에 여러분이 좋아하는 모자가 많이 있습니다. 배 안에 가 모자를 하나씩 갖고 돌아가라고 하십니다. 저 배 안에 가서 좋은 것으로 하나씩 고르시오."

이방인들과 함께 온 자는 그 말을 반복해 외치며 부족민들 사이를 뛰어다녔다. 함께 온 자의 외침은 굉장한 반향을 불러 일으켰다.

부족민의 남자들이 특히 좋아하는 것이 이방인들의 모자였다. 전에도 그들이 선물로 주거나 남겨 놓은 모자가 섬에 몇 개 있었는데, 그것을 가진 사람은 대단한 보물을 가진 셈이었다. 한 번 써 보는 것으로 야자열매나 바나나 한 송이를 내놓아야 할 정도로 귀한 것이 모자였다. 신체 중에서 특히 머리를 소중하게 여기는 우리 부족민들에게는 편안하게 머리를 감싸 주며, 야자나무 잎이나 바나나나무 잎으로 만든 것과 달리 오래 보관해도 상태가 변하지 않는 이방인의 모자는 무척 귀한 물건일 수밖에 없었다.

이방인들과 함께 온 자의 외침에 엉거주춤 일어서 있던 부족의 남자들 대부분이 우르르 배 쪽을 향해 달리기 시작했다. 벌써 배 가까이에 다다른 부족민도 있었다. 달리는 자들 속에는 사제들의 제자들도 눈에 띄었다. 내 제자 '빠른 발'도 있었다. 아들은 눈에 띄지 않았다. 이방인들의 배 중 가장 큰 배에는 여러 개의 사다리가 내려져 있었다. 배의 갑판에는 이방인들이 나와 부족민들에게 손짓을 하고 있었다.

내 머릿속에 다시 고통스러운 장면이 스치고 지나갔다. 버둥거리는 소녀들, 허공을 찢는 비명 소리.

나는 사제들을 향해 소리쳤다.

"빨리 저들을 막으시오. 배로 들어가는 것은 위험하오. 소리치시오."

나는 달려가는 자들을 향해 소리쳤다.

"멈추어라. 배로 가서는 안 된다. 돌아와라."

내 황급한 목소리에 놀란 사제들도 주위로 흩어지며 소리치기 시작했다.

"배로 가서는 안 된다. 돌아와라. 돌아와라."

그러나 앞서 달리는 자들은 소음과 거리 때문에 사제들의 목소리가 들리지 않는 듯했다. 이미 달려간 수많은 부족민들이 사다리를 올라가고 있었다. 사다리를 올라간 부족민들은 배 안으로 모습을 감추고 있었다. 사다리를 올라가는 자들 속에 아들도 있었다. 등만이 보였을 뿐이지만 분명했다. 나는 돌덩이로 가슴을 얻어맞은 것 같은 느낌으로 소리쳤다.

"다들 돌아오라! 돌아오라!"

그러나 내 목소리가 배에까지 도달하기에는 이방인들의 악기 소리와 잡다한 소음이 너무 컸다. 뒤처져 따라가던 부족민들만이 나와 사제들의 외침에 배 쪽으로 향하던 걸음을 주춤

멈추었다. 나는 "돌아오라!"고 외치며 배 쪽으로 달리기 시작
했다. 사제들도 내 뒤를 따랐다.

그 때였다. 짐승의 울부짖음 같기도 하고 바위벽을 때리는
사나운 파도 소리 같기도 한 소리가 하늘을 찢었다. 이방인들
의 악기에서 일제히 터져 나온 소리였다. 그 굉음에 나와 사제
들은 우뚝 멈췄다.

그 소리가 신호였다. 여자들과 아이들, 노인들 쪽으로 길게
열을 지어 서 있던 이방인들이 일제히 돌아섰다. 모자 쓴 자가
뭐라고 소리쳤고, 그 자의 주위에 서 있던 열다섯 명 가량의 이
방인들이 굳어 서 있는 나와 사제들을 향해 우르르 달려들었
다. 피할 사이도 없었다. 달려든 이방인들이 사제들을 움켜잡
았다. 나도 세 명의 이방인에게 팔과 몸을 잡혀 버렸다. 그 사
이에도 사다리를 올라간 부족민들은 계속 배 안으로 사라지고
있었다. 정신을 수습한 나는 목청껏 소리쳤다.

"도망하라! 이들은 우리를 잡아가려 한다. 도망하라."

나처럼 붙잡힌 사제들이 내 목소리를 따라 합창하듯 소리
쳤다.

"도망하라! 이들은 우리를 잡아가려 한다. 도망하라!"

우리들의 외침을 듣거나 우리가 잡힌 것을 본 부족 남자들
은 비로소 사태를 파악한 것 같았다. 남아 있던 이백여 명의 부

족 남자들이 흩어져 섬 안쪽으로 달리기 시작했다.

부족의 남자들과 섬 안쪽 사이에 경계선을 만들고 있던 이 방인들이 일제히 칼을 빼들었다. 막대기를 든 자들은 그것을 가슴팍까지 들어 올려 겨누었다. 달리던 부족 남자들은 주춤 멈추었다. 배로 올라가려던 백여 명의 부족 남자들도 상황을 파악했다. 그들은 일제히 돌아서서 섬 안쪽으로 달리기 시작했 다. 그러나 칼을 빼 들고 불을 뿜는 막대기를 든 이백여 명의 이방인들이 막고 서 있는 것을 보고는 그들도 멈춰 서 버리고 말았다.

나는 잡힌 팔을 버둥거리며 소리쳤다.

"도망하라! 배로 끌려가면 안 된다. 도망하라."

도망갈 수 있는 사람들은 어떻게든 도망가서 끌려가지 말아 야 한다. 이렇게 부족의 남자들이 다 끌려가서는 안 된다. 사제 들은 내 목소리를 받아 팔이 붙잡힌 채로 일제히 외쳐 댔다.

그 소리에 용기를 얻은 부족 남자들 몇이 우르르 이방인들이 만든 경계선으로 뛰었다. 앞서서 달리는 사람들을 보고 용기를 얻은 몇십 명의 부족 남자들이 뒤따라 경계선을 향해 뛰었다. 십여 명의 부족 남자들은 우리를 구하기 위해 달려왔다.

앞쪽에서 이방인들을 지휘하던 모자 쓴 자가 칼을 높이 휘 두르며 갈라진 목소리로 외쳤다. 다시 악기 소리가 날카롭게 허공을 찢었다.

막대기를 겨눈 이방인들이 한 다리를 구부려 무릎을 꿇고 앉았다. 우리 주위에 있던 이방인들도 같은 자세로 막대기를 쥐고 겨누었다. 달려가고 달려오던 부족의 남자들은 주춤 멈추었다. 그들도 이방인들의 이 막대기가 무서운 불을 뿜는다는 것을 들어 알고 있었다.

부족 남자들이 멈춘 것과 거의 동시였다. 엄청난 소리가 터지며 막대기들이 불을 뿜어냈다. 달려가던 부족의 남자 십여 명이 그대로 쓰러졌다. 우리 쪽으로 달려오던 사람들도 우수수 쓰러졌다. 쓰러진 사람들에게서 핏줄기가 뿜어져 나왔다.

짧은 시간에 벌어진, 엄청난 일이었다.

들판은 무서운 공포에 휩싸였다. 이방인들의 뒤쪽에 서 있던 여자와 아이들, 노인들이 비명을 지르기 시작했다. 이제 그들도 사태를 분명하게 파악한 것이다. 남편과 아들이 위기에 빠진 것을 본 부족의 여자와 노인들이 이방인들 쪽으로 달려들었다. 그 속에는 아이들도 있었다. 수십 명의 이방인들이 돌아서서 칼을 휘둘렀다. 여기저기서 피를 뿜으며 사람들이 쓰러졌다.

그들이 내지르는 고통스러운 비명 소리가 어지럽게 뒤엉켰다. 하늘을 찢는 듯한 악기 소리가 그 비명에 뒤섞여 들판을 덮었다.

공포감으로 마비되었던 부족의 남자들 사이에서 균열이 일어났다. 공포감에 거의 제정신이 나가 버린 자들과 용기를 낸 자 수십 명이 다시 경계선을 향해 달렸다. 이방인들의 막대기가 다시 불을 내뿜었다. 여기저기서 피를 쏟으며 푹푹 쓰러졌다. 간신히 경계망을 뚫은 부족 남자도 있었다. 그러나 그들도 대부분 등 뒤에서 뿜어대는 불에 쓰러지고 있었다. 칼을 든 이방인들은 공포에 질려 뒷걸음질치는 여자와 노인들에게 달려들어 칼을 휘두르고 있었다. 칼날이 번득일 때마다 피와 비명이 솟구쳤다. 남은 부족 남자들은 무서운 공포에 짓눌려 그 자리에 주저앉았다.

나는 이방인들에게 잡힌 채 그 모든 광경을 보고 있었다. 순식간에 벌어진 일이었다. 눈으로 보고 있으면서도 이 광경을 믿을 수가 없었다.

부족민을 사로잡은 본능적인 공포와는 다른, 공포에 사로잡혀 나는 바위처럼 굳어 버렸다. 나는 한순간에, 마치 벼락이 칠흑 같은 어둠을 찢을 때 번쩍 드러나는 광경처럼, 부족의 무서운 운명을 보게 된 것이다. 솟구치는 피와 비명이 그렇게 굳어 있는 내 몸을 무수히 때렸다.

마침내 굳었던 내 목이 터졌다. 나는 온몸의 힘을 모아 비명을 질렀다. 내 비명을 따라 잡혀 있던 사제들이 일제히 하늘을 향해 울부짖었다.

사제들 옆에 선 이방인들이 막대기를 들어 막대기 아래 뭉툭한 쪽으로 사제들을 후려쳤다. 왼쪽 옆에 있던 '잘 자란 풀'이 피를 쏟으며 쓰러지는 것이 눈에 들어오는 순간, 나도 얼굴이 깨지는 듯한 통증을 느끼며 쓰러졌다. 들판과 하늘이 온통 뒤집혀 보였다.

얼굴에서 터져 나온 핏줄기가 풀 무더기를 흠뻑 적시고 있었다.[9]

9) 이런 '인간 사냥'의 장면은 그 구체적인 모습에서는 차이가 있겠지만, 근대사회로 진입하던 서구 열강이 세계 도처에서 숱하게 보인 모습이다. 제국주의적 팽창으로 치닫던 서구 열강은 시급한 노동력을 충당하려는 경제적 필요로, 이와 같은 야만적인 인간 사냥을 해 노예를 만들었던 것이다. 이스터 섬의 비극은, 이곳 사람들이 지금도 '운명의 1862년'이라고 부르는 해의 12월 12일, 이들의 절기로는 건기에 해당하는 청명한 날에 벌어졌다. 천여 명에 이르는 부족의 성년 남자 대부분이 잡혀간 이 일로, 이스터 섬의 지식인 집단은 모두 사라지고 말았다. 이 사건으로 그들의 문자인 '롱고롱고(Rongorongo)'와 구전되던 그들의 역사가 사라졌다는 것이 지금까지 공식적인 연구 결과이다.

23장

어둠 속에서 긴 행렬이 소리도 없이 흐르는 물처럼 사탕수수밭을 지나고 있다.

나는 그 행렬의 뒤에서 앞서서 가고 있는 부족민들의 등판을 바라보며 따라가고 있다. 부족민들의 벗은 등은 서쪽 하늘에 걸린, 칼날 같은 그믐달의 엷은 빛으로 검게 번들거린다. 수백 명이나 되는 남자들이다. 그러고 보니 그들의 손에는 불을 끌 때 쓰는 빗자루와 같은 바나나나무잎 묶음이 들려져 있다. 나도 그런 묶음을 들고 있다. 아, 하는 생각으로 고개를 들어보니 섬 서쪽의 야자나무 숲에서 불길이 오르고 있다. 마음이 급해지는데, 앞서서 걷는 부족 남자들의 발걸음은 더디기만 하다.

내 발걸음도 마찬가지다. 마음과는 달리 물 속에서 걷는 것처럼 발걸음이 무겁기만 하다. 뱀의 혀처럼 하늘을 검붉게 물어뜯는 불길을 보자 퍼뜩 한 생각이 머리를 치고 들어온다. '불이다! 습격이다! 안 된다!' 저 야자나무 숲에는 칼과 창을 든 자들이 매복하고 있을 것이다. '장이족인가? 단이족인가?' 주위의 부족 남자들은 모두 한 쪽 귀는 길고 한 쪽 귀는 짧다. 그러고 보니 혼혈족이다. 내 자신이 혼혈족이라는 깨달음이 왔다. '가면 안 된다. 가면 우린 죽는다.'

나는 소리치려고 입을 연다. 그러나 입이 열리지 않는다. 그런 중에도 행렬은 말없이 흐르고 있고, 나도 같이 물살에 밀리듯 그 행렬에 이끌려 가고 있다. 아무리 소리치려 해도, 아무리 걷지 않으려 해도, 저항할 수 없는 어떤 힘에 떠밀리고 있다.

드디어 야자나무 숲에 다다랐다. 싸늘한 바람이 벗은 등을 스치고 지나간다. 소리 없이 불길이 오른다. 한 손에는 횃불을 다른 손에는 칼이나 창을 든 자들이 물결처럼 밀려든다. 장이족과 단이족이 섞여 있다. 불을 끄러 가던 혼혈족들은 도망치지도 못하고 그들의 칼과 창에 맞아 쓰러진다. 나는 비명을 지르려고 목구멍을 힘껏 벌리지만 소리가 나오지 않는다. 불길은 검붉게 넘실거리고, 불길 같은 핏줄기가 사방으로 솟구친다. 무서운 공포감이 머리칼을 곤두서게 한다.

그런데 이상하다는 생각이 든다. 어느 순간 보니, 내가 칼을 들고 있다. 칼을 든 나는 미친 듯이 칼을 휘두르고, 내 칼에 맞은 장이족과 단이족이 피를 뿜으며 쓰러진다. 칼을 휘두르며 나는 이 모든 광경이 낯익으면서도 이상하다는 생각을 한다.

문득 한 깨달음이 머리를 치고 들어온다.

'이건 옛날 일이야. 수백 년도 더 전의 조상들 이야기야. 내가 항상 읊는 이야기일 뿐이야.'

이것이 사실이 아니라는 생각이 들면서 구원과도 같은 안도감이 든다. 내가 칼을 던지는데, 갑자기 앞을 막아서는 자가 있다. 내 눈 앞에 갑자기 바싹 다가드는 그 자는 이방인이다. 놀랄 사이도 없이 그 이방인이 무엇인지도 알 수 없는 것으로 내얼굴을 후려친다. 나는 얼굴이 터지는 듯한 통증을 느끼며 그대로 쓰러진다.

쓰러지며 땅바닥이 눈앞으로 확 달려드는 순간, 나는 깨어났다. '꿈이었구나' 하는 생각과 함께 온몸을 짓누르는 압박에서 벗어났다. 그러나 얼굴의 통증은 무섭게 살아 올랐다. 그 통증으로 머릿속 어둠이 순식간에 걷히자, 나는 짧고 날카로운 비명을 내질렀다. 내가 있는 곳이 어딘지 깨달았던 것이다. 배에 끌려와 갑판 아래 밑창으로 던져졌다. 배 밑창에 부딪히면서 정신을 잃었던 것 같다.

내가 있는 곳을 깨닫는 것과 동시에 주위의 비명과 신음 소리가 어지럽게 귓속을 파고들었다. 간신히 고개를 들어 주위를 둘러보았다. 너무 어두워 아무것도 볼 수 없었다.

'지금이 밤일까?'

그럴지도 모른다는 생각이 들었다. 밖이 어두워 이 배 밑창이 이렇게 어두운지도 몰랐다.

나는 눈꺼풀을 크게 열어 눈에 어둠이 익기를 기다렸다. 얼굴은 통증으로 계속 욱신거렸다. 배 밑창에 던져진 이후 얼마나 지났는지 모르겠다. 몇 시간? 아니면 하루? 이틀? 몸에 전해지는 흔들림으로 볼 때 배는 이미 깊은 바다로 나온 것 같았다.

풀밭에서의 장면들이 머릿속에 떠오르기 시작했다. 얼굴에서 터져 나온 핏줄기가 검붉게 적신 풀 무더기, 그들의 칼에 쓰러지던 부족의 여자들과 노인들, 발길질에 걷어차여 풀밭에 나뒹굴던 아이들, 막대기에서 뿜어내는 불을 맞고 쓰러지던 부족의 남자들. 쓰러진 나와 사제들은 곧 이방인들의 배로 끌려왔다.

정박한 배 가운데 가장 큰 배 앞으로 우리는 끌려왔다. 배의 사다리를 오르며 돌아보았을 때, 풀밭에 서 있는 부족의 남자는 거의 없었다. 죽은 자와 쓰러진 자만 남아 있을 뿐이었다. 이방인들도 서서히 배 쪽으로 돌아오고 있었다. 그 뒤쪽의 풀밭에는 여자들과 노인들, 아이들이 쓰러지고 주저앉아 울부짖고 있었다. 천여 명이 넘는 부족 남자 중에서 죽거나 부상당한 몇십 명을 빼고는 모두 잡힌 것 같았다.

잠시 멈춰 서 돌아보고 있는 내 등판을 이방인이 불을 뿜는 막대기로 강하게 내리쳤다. 나는 휘청 앞으로 쏠리며 배 갑판으로 내려섰다. 내 등판을 후려친 자는 다시 막대기의 뭉툭한 쪽으로 나를 거칠게 몰아붙였다. 나는 비칠비칠 걸어 나갔다.

갑판의 중앙 왼쪽에 네모꼴의 구멍이 시커먼 입을 벌리고 있었다. 내 앞에 끌려가고 있던 사제 '잘 자란 풀'이 그 구멍으로 사라지는 것이 보였다. 구멍 안에는 사다리가 내려져 있었다. 그 밑은 얼마나 깊은지 알 수 없었다. 돌과 같은 막대기는 빨리 그 구멍으로 내려가라고 내 등을 쳐 대고 있었다. 나는 구멍으로 내려가는 사다리에 발을 디뎠다. 미처 걸음을 떼기도 전에 막대기가 머리를 강하게 밀었다. 나는 휘청 발을 헛디디며 어둠 속으로 떨어졌다.

다시 깜박 정신을 잃었던 모양이었다. 나는 누군가 귓가에서 자꾸만 부르는 소리에 정신이 들었다.

"족장님, 족장님."

눈을 뜨고 소리가 나는 오른쪽으로 고개를 돌렸다. 여전히 눈앞은 절벽 같은 어둠이었다.

"누구인가?"

"정신이 드셨군요. 스승님, 접니다."

목소리로 알아차릴 수 있었다. 내 제자 '빠른 발'이었다.

"괜찮으십니까?"

"피를 흘렸지만 이제 멈추었으니 괜찮다. 넌 다치지 않았느냐?"

"예, 전 그냥 모자를 준다기에 이리로 사다리를 타고 내려와서⋯⋯."

'빠른 발'의 목소리가 어둠 속에서 낮게 꼬리를 끌고 흩어졌다. 스승의 말을 귀담아듣지 않고 이방인들의 물건에 넋이 팔린 스스로를 자책하고 있으리라. 이제 아무 소용도 없게 되었지만.

나는 그런 짐작을 하며 물었다.

"우리가 여기 갇힌 지 얼마나 되었는지 아느냐?"

"예, 전 잠자지 않고 있었습니다. 낮에서 밤이 되었다가 지금은 아침이 된 것 같습니다."

목소리가 들리는 곳을 계속 보고 있으니 어둠이 눈에 익어 '빠른 발'의 얼굴이 거뭇하게 잡혔다. 아침인데도 이런 어둠이라면 이 곳은 전혀 빛이 들어오지 않는 것이 분명했다.

주위에서 웅성거리는 소리가 들렸다. '빠른 발'과 이야기를 나누는 내 목소리를 알아들은 사람들이 내는 소리였다. 이 캄캄한 어둠 속에서 족장이자 사제의 목소리를 듣고 한줄기 빛을 본 것 같은 느낌이었으리라.

　나는 팔꿈치에 힘을 주고 윗몸을 일으켰다. 흐릿하기는 하지만, 주위에 빼곡하게 서로 기대고 또는 드러누운 부족민들을 이제 알아볼 수 있었다. 내가 몸을 일으키자 주변의 누운 자들이 따라서 몸을 일으켰다. 그들의 입에서 신음 소리가 흘러나왔다.

　나는 다리를 개고 앉아 '빠른 발'에게 말했다.

　"모두 다 이 곳에 갇힌 것 같구나."

　"그렇습니다."

　"사제들에게 이리 모이시라고 하여라. 물론 사제들의 제자들도 함께 와야 할 것이다."

　'빠른 발'이 일어서 소리쳤다.

　"족장님의 말씀입니다. 사제님들은 이리로 모이십시오. 소리 나는 이 곳으로 오십시오. 족장님이 계십니다. 제자들도 모두 이 곳으로 오기 바랍니다."

　어둠 속 이곳 저곳이 비명이나 신음과는 다른 소리들로 소란스러워졌다. '빠른 발'의 말이 불러일으킨 소리들일 것이다.

　잠시 후 사제 네 명과 제자 다섯이 모였다. 보이지 않는 사람은 '살찐 토끼' 구역의 사제 '높은 바람'이었다. 제자인 아들만 어둠 속에서 모습을 드러냈다. 나는 본능처럼 아들의 모습을 훑었다. 다행히 크게 다친 곳은 없는 것 같았다.

"네 스승은 어떻게 되셨느냐?"

"사다리에서 떨어질 때 다리가 부러진 것 같습니다. 움직이면 통증이 심합니다."

주위 사람들이 물러나 우리가 앉을 수 있는 자리를 만들어 주었다. 나와 사제들이 둥그렇게 둘러앉고, 그 뒤에 제자들이 앉았다.

먼저 사제들의 모임에서 행해지는, 위대한 정령에게 지혜를 달라는 기도를 올렸다. 기도가 끝나자 모두들 입을 닫았다. 눈 앞을 막아선 절벽 같은 어둠이 입을 틀어막는 것 같은 느낌이 들었다.

그러나 언제까지 그렇게 있을 수는 없었다. 둘러싸고 있는 부족민들이 우리들을 조용히 주시하고 있었다. 나는 무거운 목소리로 입을 열었다. 통증이 피 냄새와 함께 입 안 가득 퍼졌다.

"이렇게 되고 말았소이다. 이제 어떻게 하면 좋을지 여러분의 지혜를 말씀해 보시오."

사제들은 허공을 쳐다본 채 말이 없었다. 사제들 뒤에 앉은 제자들은 고개를 푹 숙이고 있었다. 그들은 성급하게 이방인들의 호의를 믿은 자신들의 가슴을 돌로 치고 싶을 것이었다. 어둠 속 이곳 저곳에서 신음 소리가 쉬지 않고 들렸다.

긴 침묵 끝에 입을 여는 사제가 있었다. '거북등' 구역의 '큰 주먹'이었다. 그는 침통한 목소리로 혼잣말하듯 말했다.

"섬 남자들 모두가 이렇게…… 저들에게 속아서……."

'큰 주먹'의 말이 끝나기도 전에 낮은 신음 소리가 뒤쪽에서 들렸다. 그 소리는 고통을 호소하는 소리가 아니라 무서운 분노를 토해 내는 소리였다. 나는 그 소리의 주인이 아들 녀석인 '큰 날개'라는 것을 알 수 있었다.

"이제 지난 일은 말해도 아무 소용이 없을 것이오. 앞으로 어떻게 해야 할 것인가 생각하는 것이……."

'고구마가 많은 곳' 구역의 사제 '잘 자란 풀'이 말꼬리를 흐리고 말았다. 누구도 그 말의 뒤를 잇는 사람이 없었다. 나도 거리가 멀어질수록 두터워지는 어둠 저편을 묵묵히 바라보고 있었다.

통상 나는 다른 사제들의 말을 다 듣고 종합하고 정리해 결론을 내리곤 한다. 그러나 지금은 그런 상례(常例)를 따르기 위해서 침묵하고 있는 것이 아니었다. 그런 상례 따위는 문제도 되지 않는 상황이란 것을 누구나 잘 알고 있다. 내 침묵은 나 자신도 갈 길이 전혀 보이지 않는, 칠흑 같은 어둠 때문인 것이다.

갑자기 우리들의 침묵 위에서 커다란 마찰음이 들리더니 폭포처럼 빛이 쏟아졌다. 연이어 그 소리가 두 번 더 이어지고 빛의 폭포가 두 개 더 생겼다. 갑판으로 통하는 천장의 문이 열린 것이다. 끌려 들어올 때는 제대로 보지 못했는데, 네모꼴의 문은 띄엄띄엄 거리를 두고 모두 세 개가 뚫린 것 같았다.

세 개의 문으로 쏟아져 들어온 햇빛으로 우리 부족민들이 갇힌 장소가 고스란히 드러났다. 타원형의 배 밑창은 천여 명의 부족 남자들로 가득 차 있었다. 좀 여유 있게 서로 사이를 두고 앉는다면 백여 명 정도가 들어갈 수 있는 장소였다. 그런 장소에 열 배나 되는 사람들이 들어와 있었는데, 앉으면 서로 무릎이 맞닿고 누우면 발이 다른 사람의 얼굴에 올라가야 했다. 배 밑창은 사람들로 빼곡히 들어차 다른 것은 아무것도 보이지 않았다. 천장의 출입구로 내려졌던 사다리도 걷어 올렸는지 보이지 않았다.

천장의 가운데 출입구에 불쑥 한 얼굴이 나타났다. 이방인들과 함께 온 자였다. 그를 알아본 부족의 남자들 사이에서 분노의 함성이 신음처럼 일어났다. 누군가 우리 부족의 최고의 욕설인 '위대한 정령을 배신한 놈'이라고 외쳤다. 그 소리는 순식간에 번져 합창이 되어 천장으로 솟구쳤다.

"위대한 정령을 배신한 놈!"

"위대한 정령을 배신한 놈!"

"위대한 정령을 배신한 놈!"

그 자는 아무런 반응도 보이지 않고 출입구에 얼굴을 들이민 채 엎드려 있었다. 밑창에서 외치던 소리가 제풀에 스러지자 그 자가 소리쳤다.

"지금부터 식사 시간이다. 이 문마다 광주리 하나와 통 두 개가 내려간다. 광주리에 든 것은 빵이다. 하나씩 먹으면 된다. 두 개 먹는 자가 있으면 다른 한 자는 굶주릴 것이다. 통 하나는 수프다. 다른 통 하나는 물이다. 수프와 물을 먹는 그릇은 너희들 뒤의 벽 쪽을 찾아보라. 거기에 야자열매를 쪼개 말린 그릇들이 있다. 그것을 사용해라. 식사는 하루에 한 번이다. 소란을 피우다가 수프나 물을 엎지르면 그것으로 하루 식사는 끝이다."

말을 끝낸 그 자의 얼굴이 사라졌다. 곧이어 각 구멍마다 밧줄에 매달린 광주리 하나와 큰 통 두 개씩이 내려졌다. 광주리와 통이 내려오는 밑에 있는 사람들은 황급히 몸을 끌고 피해야 했다. 광주리와 통 두 개가 바닥으로 내려졌다. 음식과 물을 먹은 지 꼬박 하루가 지난 시간이었다. 모두들 극심한 허기와 갈증을 느끼고 있었다. 나도 어제 아침에 물을 마신 것 외에는 목으로 넘긴 것이 없었다. 그러나 심한 허기와 갈증에도 불구하고 아무것도 먹고 싶지 않았다.

이제 모든 상황은 분명해지고 말았다. 이 이방인들은 우리들을 어디인가로 끌고 가고 있다. 그들은 어떤 분명한 목적을 가지고 섬에 왔고, 그들이 친 그물에 우리 부족민들이 걸려들고 만 것이다. 이 장소가 잘 보여 주는 것처럼, 우리들은 이방인들의 친구가 아니라 노예로 잡혀가는 것이다. 이제 우리들의 목숨은 이 이방인들의 손아귀 안에 들어 있었다.

나는 가슴이 무너지는 듯한 고통과 슬픔을 느꼈다. 부족의 족장과 사제로서 부족민들의 안전과 생명을 지켜 내지 못했다는 자책감으로 고통스러웠다. 천장을 향한 내 얼굴을 타고 눈물이 줄줄 흘러내렸다.

그 사이 광주리와 통을 둘러싼 부족민들은 밑창의 구석구석에서 찾아낸 야자열매 그릇으로 물을 떠서 허겁지겁 마시고 있었다.

"물을 드십시오."

'빠른 발'이 야자열매 그릇을 들고 서 있었다. 나는 말없이 그릇을 받아 물을 마셨다. 섬의 샘에서 마시는 물과는 비교할 수도 없이 탁하고 흐린 맛이었지만 갈증을 해결할 수밖에 없었다. 목을 축인 부족민들은 허겁지겁 빵을 하나씩 나누고 수프를 떴다. 다시 '빠른 발'이 빵 하나와 수프 한 그릇을 가지고 왔다. 나는 고개를 저었다.

"먹고 싶지 않다."

'빠른 발'은 손을 거두지 않았다.

"드셔야 합니다. 지금 안 드시면 내일까지 없답니다."

"괜찮다."

"그럼 제가 갖고 있겠습니다."

"네 식사나 챙겨 먹어라."

잠시 후, 짧은 식사가 끝나갈 때 천장의 출입구에 그 자가 또 나타났다.

"식사가 끝났으면 내려 주는 밧줄에 광주리와 수프 통을 달아라. 물통은 내일 아침까지 그대로 두어도 좋다."

세 개의 구멍에서 밧줄들이 내려왔다. 밑에서 광주리와 통을 밧줄의 고리에 달아 주었다. 천장 구멍으로 얼굴이 보일 듯 말 듯한 이방인들이 그 밧줄을 끌어올렸다. 출입구에 얼굴을 내민 채 엎드려 있던 우리말을 할 줄 아는 그 자가 다시 소리쳤다.

"먹었으면 싸야지. 지금부터 내려 주는 통은 너희들이 배설을 할 통이다. 큰 통 속에 작은 통이 두 개씩 있다. 작은 통에 싸서 큰 통에 모아 둬라. 바닥에 흘리거나 통을 엎으면 너희들은 똥오줌을 깔고 살아야 한다."

다시 부족민들 사이에서 욕설이 일었다. 그러나 그 강도는 아까처럼 강한 것이 아니었다. 욕설이 그 자에게 아무런 힘도 미치지 못한다는 것을 깨달은 것이다. 그 자는 욕설이 끝나기도 전에 얼굴을 감추고 없었다.

세 개의 구멍에서 큰 통이 하나씩 내려왔다. 그 자가 말한 통인 것 같았다. 통이 바닥에 닿아 밧줄의 고리를 벗겨내자 스르르 올라간 밧줄의 끝이 뱀꼬리처럼 사라졌다. 열릴 때처럼 심한 마찰음과 함께 천장의 문들이 거의 동시에 닫혔다. 하늘과 햇빛이 한꺼번에 사라지고 말았다.

하루 종일 더 이상 문은 열리지 않았다. 한 가닥 위안이 되는 하늘과 햇빛은 식사를 할 동안에나 겨우 볼 수 있었다.

24장

나는 이제 우리가 처한 무서운 운명을 분명하게 깨닫고 있었다. 잡혀가는 부족 남자들 모두의 목숨이 어떻게 될지 알 수 없었다. 이런 망망대해에서 태풍을 만나 배가 침몰하면 그대로 수장되고 말 것이다. 그런 사고를 피해서 목적지에 도착한다 하더라도 우리의 안전은 장담할 수 없는 일이다. 우리들을 대하는 이방인들의 태도로 보아 우리가 끌려가는 곳에서 겪을 위험이나 고통이 어느 정도가 될지 짐작할 수 있었다.

부족 남자들이 고스란히 잡혀 이런 운명에 처한 것은 우리의 목숨에만 한정되는 일이 아니었다. 우리가 사라지면 부족이 사라지는 것과 마찬가지다. 우리의 문자를 해독하고 부족의 역사를 구송하는 사제들 모두가 이 곳에 잡혀 왔다. 불완전한 대로 사제를 대신할 수 있는 제자들도 모두 잡혀와 있다. 만일 우리가 사라진다면 우리 부족의 문자와 역사는 사라지고 마는 것이다. 그것은 우리의 정신과 넋이 사라지는 것과 같은 것이다.

'어떻게든 그것은 막아야 한다!'

내가 혼란과 고통으로 사흘 밤을 보낸 후부터 매일 구송회를 열기로 한 것은 그런 깨달음에서였다.[10]

내가 생각한 구송회는 이전과는 다른 것이었다. 사제와 제자들만 암송하는 것이 아니라, 둘러앉은 전체가 암송하는 구송회가 되어야 했다. 앞으로 누가 살아남을지 알 수 없기 때문이다. 누구라도 남아 있는 자들이 우리들의 문자와 역사를 보존하게 하려면 그런 식의 구송회를 계속 열어 이야기를 익히게 하는 수밖에 없다. 비록 문자를 해독하는 연습은 불가능하지만, 구송을 익힌다면 그 구송을 기록한 문자판을 읽는 일도 어렵지 않을 것이다.

그리고 우리 부족의 조상이 겪은 고난과 극복을 노래하는 것이, 그래서 용기를 잃지 않는 것이 지금 이 상황에서 우리 부족민들이 할 수 있는 유일한 일이라는 생각도 들었다. 처절한

---

10) 문헌에 의하면, 그들의 고유 문자인 '롱고롱고'로 기록한 서판. 석판, 지팡이 등은 그들이 끌려가던 당시만 해도 섬에 수없이 많았으리라 추정된다. 하지만 그것을 해독하는 부족민들이 사라지면서 대부분 망실되었다. 현재 남아 있는 유물의 문자는 해독 불가능한 기호가 된 상태이다.

절망과 죽음 속에서도 희망과 생명의 빛을 보아야 하리라.

아침 식사가 끝난 뒤, 성소에서 구송을 할 때와 같이, 사제들이 가운데 앉고 제자들과 부족민들이 그 뒤에 둘러앉아 구송을 시작했다.

그러나 내 의도와는 달리 캄캄한 배 밑창에서의 구송은 쉽지 않았다. 목소리는 천장에 부딪혀 이리저리 흩어지고 그 울림으로 인해 제대로 다음 구절이 이어지지 않았다. 부족민들 또한 고통과 절망 속에서 내지르는 신음과 비명 소리에 더 정신이 팔려 있었다. 겨우 구송회를 마쳤을 때 나와 사제들의 목소리는 심하게 갈라져 있었다.

다음 날, 상황은 더 나빠졌다. 제자들은 우리의 목소리를 받아 내지 못했고, 주위의 부족민들은 제대로 원을 만들어 앉지도 않았다.

아들 녀석은 구송회가 시작되자 어둠 속으로 사라지고 말았다. 숨이 막히게 비좁고 어두운 배 밑창에서 장시간 사람들의 주위를 한 곳으로 모은다는 것은 거의 불가능한 일이었다. 더구나 육체적인 고통과 죽음에의 공포로 짓눌려 있는 사람들에게는.

결국 구송회는 세 번으로 중단되고 말았다.

하루 한 번의 식사와 죽음과도 같은 어둠의 시간이 변하지 않고 열이틀이나 계속되었다. 변한 것이 없는 것은 아니었다. 배 밑창의 공기가 변하고 있었다. 그리고 그 공기를 마시는 부족민들의 마음이 변하고 있었다.

배 밑창의 공기는 하루가 다르게 땀과 오물의 냄새로 탁해져 갔다. 천여 명의 사람이 포개지다시피 한 밑창의 열기는 조금만 움직여도 가슴팍으로 땀이 흐를 정도였다. 거기에다 뚜껑도 없는 오물통에서 나오는 악취가 섞여졌다. 하루에 단 한 번, 짧은 식사 시간에 이루어지는 환기는 턱없이 부족했다. 밑창의 공기는 대기가 무거워지는 밤이면 숨을 쉬고 있기가 힘들 정도였다. 며칠이 지난 뒤부터 이방인과 함께 온 자는 천장 구멍에 얼굴을 들이밀 때는 코를 싸쥐며 소리치곤 했다.

"이 짐승들아. 조금만 먹고 조금만 싸라."

우리 부족민들은 원래 자주 목욕을 한다. 섬에는 화산 폭발때 만들어진, 맑은 물이 고이는 크고 작은 샘이 많아서 목욕을 쉽게 할 수 있다. 목욕을 하고 풀밭에서 시원한 바람을 맞으며 서 있는 것을 우리 부족민들은 좋아한다.

이런 악취 속에서 씻지도 못하는 하루하루의 고통은 상상하지도 못한 것이었다. 이런 고통을 더 심하게 만드는 것이 있었다. 가려움증이었다. 땀을 흘리고 씻지도 못하기 때문인지 무서운 가려움증이 부족민들을 괴롭혔다. 어둠 속에서 더위와 악취와 가려움증에 시달리며 부족민들의 마음도 빠르게 허물어지고 있었다.

무겁게 부패해 가는 공기처럼 밤이 한 번씩 지날 때마다 부족민들의 마음은 절망과 분노로 성마르고 강퍅해졌다. 식사 때가 되면 서로 먼저 먹으려고 싸움을 벌였다. 힘이 약한 자는 빵을 얻지 못하기도 했다. 서로 몸만 닿아도 소리를 높였고 심지어 주먹을 날리기도 했다.

말(言語)도 달라졌다. 누가 만들어 냈는지도 모르는 새로운 욕설들이 입에서 입으로 옮겨 다녔다. 그것은 우리가 다른 물건에 다른 용도로 쓰던 말을 사람에게 붙여 만들어 내는 방식이었다. 예를 들어 '나뭇가지를 부러뜨린다'는 말에서 나뭇가지에 사람의 팔이나 다리, 목을 대신 넣는 것이다. 그렇게 새로 만들어지는 욕설은 무서운 속도로 불어났다. '바나나껍질을 벗긴다'가 '등껍질을 벗긴다'로, '칡을 찢는다'가 '주둥이를 찢는다', '다리를 찢는다'와 같은 무서운 욕설로 변했다.

이처럼 부족의 남자들, 특히 젊은이들 사이에서 분노와 증오는 무섭게 퍼져 가고 있었다.

스물세 번의 밤이 지났을 때, 마침내 그 분노와 증오가 폭발하는 사건이 터지고 말았다. 나와 사제들은 막연하게 짐작은 했지만, 일이 그런 식으로 터질 줄은 몰랐다. 식사 때, 이제는 가끔 얼굴을 내미는, 이방인들과 함께 온 자가 천장의 가운데 출입구에 얼굴을 디밀었다.

그 때였다. 바닥에서 허공으로 날아가는 것이 있었다. 휙 날아간 그것은 정확하게 그 자의 목에 걸렸다. 긴 줄이 달린 올가미였다. 올가미를 날린 부족민이 줄을 잡아챘다. 그 자는 비명을 지를 사이도 없이 배 밑창으로 떨어졌다.

순식간에 벌어진 일이었다. 그 자가 바닥에 떨어지기가 무섭게 무서운 괴성을 지르며 부족의 남자들이 달려들었다. 그 자의 비명이 짧게 솟아올랐지만, 그것도 발길과 주먹에 묻혀 버렸다. 분노와 증오를 못 이겨 사납게 물어뜯는 부족민도 있었다.

나와 사제들이 사태를 파악하고 그 곳으로 달려갔을 때 이미 그 자는 숨이 넘어가고 있었다. 목이 부러져 머리가 덜렁거리는 상태였다. 피를 쏟아 내는 그 자를 둘러싸고 부족민들은 환호성을 올렸다. 그 환호성의 중심에 아들 녀석인 '큰 날개'가 있었다.

그 일은 치밀하게 준비된 것이었다. 야자열매를 가늘게 찢어 꼬아 끈을 만들고, 그 끈을 이어 밧줄과 올가미를 만드는 일은 결코 쉬운 일이 아니었다. 부족민은 오직 그 자의 목숨을 끊을 생각으로 그것을 만들고 수없이 던지는 연습까지 했던 것이다. 부족민들의 정신은 그렇게 죽어 가고 있었다. 그리고 그 중심에 내 아들이 서 있었다.

그 자를 죽인 사건은 혹독한 징벌을 가져왔다. 이방인들은 세 번의 밤이 지날 때까지도 음식을 주지 않았다. 두 번의 밤이 지났을 때 출입구를 잠시 열고 물만 몇 통 쏟아 부었을 뿐이다.

그리고 바다가 큰 움직임으로 흔들리기 시작했다. 천장의 틈새로 들어오는 냄새가 심상치 않았다. 섬에서 살아온 그들은 바다의 변화를 금방 알아차릴 수 있었다.

'태풍이다!'

나는 바다의 흔들림과 공기의 변화로 태풍이 오고 있다는 것을 느낄 수 있었다. 바다에 특히 경험이 많은, 나이 든 부족민의 생각도 마찬가지였다.

우리의 생각은 들어맞았다. 얼마 지나지 않아 바다가 무섭게 요동치기 시작했다. 그리고 엄청난 빗줄기가 쏟아지기 시작했다. 배 밑창에서도 갑판을 때리는 빗줄기 소리에 귀가 멍멍하게 울릴 정도였다. 갑판에서 스머든 빗물이 줄줄 흘러내렸다. 목이 말랐던 부족민들은 허겁지겁 빗물을 받아 마셨다.

시간이 지날수록 비바람은 더 심해졌다. 바다는 미친 듯이 울부짖었고, 배는 금방이라도 뒤집어져 버릴 것처럼 날뛰었다. 배 밑창에 갇힌 부족민들은 뒤엉켜 이 구석에서 저 구석으로 사정없이 내팽개쳐졌다. 공포와 고통의 울부짖음이 밑창을 가득 채웠다. 팔이나 다리가 부러지고 목이 꺾이는 자가 내지르는 비명이 여기저기서 솟구쳤다.

태풍은 약해졌다 강해졌다 하며 세 밤이 지날 때까지 계속되었다. 비도 계속 쏟아져 밑창으로 흘러내렸다. 빗물과 통에서 쏟아진 내용물들, 태풍에 신음하는 부족민들이 그냥 토해 낸 오물들이 뒤범벅되어 배 밑창은 진흙탕으로 변해 버렸다.

태풍이 잠잠해졌을 때, 천장의 문이 열렸다. 물을 쏟아 붓고 난 이후 처음이었다. 빵이 광주리도 없이 쏟아지고 수프도 그냥 쏟아져 내렸다. 진흙탕과 같은 오물 위에 떨어진 빵과 수프로 부족민들이 달려들었다.

하룻밤도 지나지 않아서 수많은 부족민들이 입과 항문으로 무섭게 토하고 쏟아 냈다. 몇 번이고 그렇게 토하고 쏟아 낸 부족민들은 바닥에 쓰러져 겨우 숨을 쉬고 있었다. 출입문을 향해 아무리 소리쳐도 문은 열리지 않았다. 밤을 넘기지 못하고 숨을 거두는 부족민들이 여기저기서 생겨났다.

아침에 출입문이 열렸을 때 나와 사제들이 목소리를 모아 소리쳤다.

"사람이 죽었다! 많이 죽었다!"

그러나 빵 광주리와 수프와 물통만 내려올 뿐 아무런 반응이 없었다.

다시 하룻밤이 지나자 숨이 끊어진 부족민은 빠르게 늘어났다.

다음 날 아침 식사 시간에 나는 빈 수프 통에 죽은 부족민을 하나 실어 올리라고 했다. 통이 올라가고 난 뒤 몇 명의 이방인들이 출입구에 나타났다. 잠시 아래를 내려다본 그들이 사라졌다.

얼마 후 여러 개의 통들이 내려왔다. 통 속에 죽은 부족민을 담아서 올렸다. 족히 삼십 명은 되는 것 같았다. 죽은 사람들이 다 올려진 뒤에 내려온 통 속에는 오물을 퍼 담을 수 있는 도구가 들어 있었다. 바닥을 청소하라는 것 같았다. 부족민들이 바닥의 오물을 퍼 담아 올렸다. 통이 몇 차례 올라가고 마지막 빈 통이 올라갔을 때, 천장의 문은 다시 닫히고 말았다.

"이 따위는 다 소용 없습니다, 아버지."

내 옆에 아들이 와 서 있었다.

"무슨 말이냐?"

"우리는 다 죽습니다."

"그렇게 생각해서는 안 된다."

"저놈들을 죽이고 우리도 죽어야 합니다."

아들의 눈이 어둠 속에서 무섭게 번뜩였다. 섬에서는 상상하지도 못했던 상황에 갈가리 찢긴 아들의 정신이 무서운 불길 속으로 빨려 들어가고 있는 것을 나는 느꼈다. 심장이 싸늘하게 굳어 가는 느낌이었다.

"참고 견뎌야 한다. 부족의 운명이 이렇게 끝날 수는 없다."

아들은 완강하게 고개를 저었다.

"같이 바닷속으로 사라지는 겁니다. 저런 악마들이 더 이상 이런 짓을 못하게 해야 합니다."

"안 된다. 살아남는……."

아들은 내 말이 끝나기도 전에 등을 돌리고, 어둠 속으로 사라졌다.

'그건 절대 안 된다. 부족의 넋이 이대로 사라질 수는 없다.'

아들을 보내고 머리에 불을 담은 느낌으로 멍하니 앉아 있던 내게 한 생각이 퍼뜩 떠올랐다. 아들의 말에서 어떤 암시를 느꼈던 것이다. 부족민들 모두가 일종의 광기에 빠져 있었지만, 아들을 중심으로 하는 젊은이들의 눈빛은 닿기만 해도 살이 베일 듯이 날카로웠다.

나는 '빠른 발'을 불렀다.

"내 아들이 무슨 일을 꾸미고 있구나."

'빠른 발'은 대답하지 않았다.

"같이 죽는다는 말을 하고 갔다."

"……."

"말을 해 보아라. 내가 모르는 일이 벌어질 수는 없다."

망설이던 '빠른 발'이 작은 소리로 입을 열었다.

"배에 구멍을 내고 있습니다."

'바로 그것이었다!'

나는 비로소 아들의 말뜻을 알 수 있었다. 밑창에 작은 구멍이라도 생기면 물살의 거센 힘으로 구멍 주위는 터지고 말 것이다. 손쓸 사이도 없이 배는 가라앉을 것이고 이 배에 탄 자는 모두 죽고 말 것이다. 부족민들과 이방인들 모두.

'그건 안 된다. 부족민들 모두를 이렇게 죽게 할 수는 없다!'

나는 아들이 있는 곳으로 갔다. 아들의 등 뒤에 몇 명의 젊은 이들이 몰려 앉아 있었다. 그 중 하나가 손에 쥔 무언가로 판자 사이를 열심히 파내고 있었다. 나는 부족의 젊은이를 향해 손을 내밀었다.

"그것을 이리 내라."

내 말에 젊은 부족민이 행동을 멈추었다. 아들이 일어서 내 앞을 막았다.

"안 됩니다."

아들의 뒤에 십여 명의 젊은 부족민들이 모여들었다. 나는 아들을 뿌리치고 젊은이가 구멍을 내고 있는 곳에 손을 대 보았다. 이미 판자가 깊숙하게 파여 있었다. 아직 심할 정도는 아니지만, 다른 곳과는 다른 습기를 느낄 수가 있었다.

"이리 내 놓으라니까."

내가 단호한 목소리로 소리치자 젊은이가 손바닥에 든 것을 내밀었다. 그것은 이방인들이 섬에 왔을 때 주고 간 단도(短刀)였다. 누군가 그것을 몸에 지니고 있다가 배를 탄 것 같았다. 내가 그것을 받으려고 손을 내미는데, 아들이 내 몸을 밀쳤다. 나는 휘청 뒤로 밀렸다. 칼을 낚아챈 아들이 소리쳤다.

"어차피 우린 다 죽을 겁니다. 저놈들과 함께 죽어야 합니다. 아버지도 사제들도 우리를 구원하지 못합니다. 아무런 힘도 없지 않습니까."

그 날 밤, 나는 한숨도 자지 못하고 앉아서 생각했다. 저 아이들을 막아야 한다. 이방인들에 대한 증오 때문에 함께 죽을 수는 없다. 부족민들의 생명을 지켜야 한다. 부족의 정신과 넋이 이대로 사라지게 할 수는 없다.

아무리 생각해도 방법이 없었다. 증오와 복수심으로 광기에 휩싸인 젊은 부족민들을 막을 다른 방법이 없었다. 가능한 방법은 하나뿐이었다. 젊은 부족민들의 행동을 막으려면 그들이 빠진 광기의 중심을 제거해야 한다. 태풍의 눈이 사라지면 태풍은 소멸하는 법이다.

생각만으로도 머리가 터질 것처럼 고통스러웠지만, 밤새워 생각하고 생각해도 다른 방법이 없었다. 시간도 없었다. 나는 입술을 깨물었다. 피가 턱으로 주르르 흘러내렸다.

다음 날 새벽 나는 자신을 따르는, 믿을 수 있는 부족의 남자 셋을 불렀다. 놀라는 그들에게 내 뜻을 되풀이해 이해시켰다.

내 말을 받아들인 부족민들의 행동은 신속했다. 그들은 잠자는 아들의 목을 졸랐다.

아침이 밝기 전, 참을 수 없이 터져 나온 내 비통한 곡성이 부족민들의 잠을 깨웠다.

입술을 깨물어 통곡을 진정시킨 나는, 부족민들의 생명을 위해 아들을 희생시켰다는 사실을 알렸다.

섬을 떠난 후 마흔여섯 번의 밤이 지난 뒤였다.

마침내 육지에 도착한 것 같았다. 세 개의 사다리가 갑판에서 내려졌다. 앞장 선 나는 후들거리는 다리를 겨우 진정시키며 사다리를 올라갔다.

나는 갑판에 발을 딛기도 전에 쓰러지고 말았다. 쏟아지는 햇빛이 날카롭게 찌르고 들어와 눈을 뜰 수가 없었다.

한참 후에 눈을 떴을 때, 갑판 위에는 쓰러진 부족민들이 즐비했다. 모두들 눈부신 햇빛을 감당할 수 없었던 것이다.

항해 중 죽은 부족민은 백 명이 넘었다. 남은 구백여 명의 부족민들도 제대로 몸을 가누지 못하는 상태였다.

한참 동안 갑판에 쓰러져 있던 나는 이상한 냄새가 코 안으로 밀려드는 것을 느끼며 고개를 들었다. 희뿌옇고 거대한 산 같은 것이 배 앞을 막고 우뚝 솟아 있었다.

코를 찌르는 그 냄새는 섬은 물론, 심지어 배 밑창에서도 맡아 보지 못한 지독한 악취였다.

25장

갑판에 쓰러져 있던 부족민들은 노예 상인들의 채찍 세례를 받고 하나둘 몸을 일으켰다. 갑판에서 맡았던 악취는 여전히 코를 찌르고 있었다. 노예 상인들의 사나운 재촉에 부족민들은 사다리를 타고 배를 내려가기 시작했다.

우리가 내린 곳은 눈앞을 거대하게 막아선 희뿌연 산이 완만하게 바다와 만나는 발치였다. 휘청거리는 다리로 사다리에서 내려선 나는 비로소 지독한 악취의 정체를 알 수 있었다.

거대한 산은 놀랍게도 흙이나 바위가 아니라 새똥이었다. 수만, 아니 수십만 년 동안 엄청난 숫자로 서식한 물새의 똥이 쌓이고 쌓여 거대한 산과 같은 형태로 굳어진 것이다. 당연히 악취는 새똥으로 산처럼 된, 섬 전체가 내뿜는 것이었다.[11]

역시 채찍에 내몰려 부족민들은 산 중턱까지 허위허위 기어

올랐다. 섬 중턱을 긴 동굴처럼 가로로 파 놓은 곳이 우리 부족민들의 처소였다. 바닥에 깔린 거친 건초가 뿌연 먼지를 피워 올리는 처소에 도착한 부족민들은 숨을 헐떡이며 쓰러졌다. 비로소 채찍이 거두어지고 빵 덩이와 물이 공급되었다.

다음 날, 해가 뜨자마자 사나운 고함과 채찍 소리가 우리들을 무거운 잠에서 끌어냈다. 다시 물과 빵 덩이가 공급되었고, 곧이어 노역이 시작되었다. 채찍을 휘두르는 자들이 먼저 시범을 보였는데, 노역 작업 자체는 단순해 보였다. 곡괭이와 삽과 같은 도구를 이용해 바위처럼 단단하게 굳어진 새똥을 파내 자

---

11) 문헌에 의하면, 한 달 보름 정도의 긴 항해 끝에 그들 부족민들이 끌려간 곳은 페루 연안의 섬이었던 것으로 조사되었다. 그들은 구아노(guano)를 채취하는 이 섬에 노예 무역업자들에 의해 집단으로 포획되어 온 것이다. 구아노는 페루, 콜롬비아, 칠레의 해변에 오랜 세월 동안 거대한 높이로 쌓인 물새 배설물을 말한다. 이 배설물은 질소가 풍부하여 양질의 비료가 되었다. 제국주의 열강이 식민지를 정복하여 광대한 농토를 개간하던 19세기에는 비료의 수요가 막대했다. 이 수요에 맞춰 구아노를 공급하는 채취 회사가 생겨 노동력이 필요했으며, 노예무역업자들이 남태평양 일대의 군도를 노예 사냥터로 삼았던 것이다. 역시 문헌에 의하면, 이렇게 구아노 채취장으로 잡혀간 이스터 섬의 남자들은 그 곳에서의 가혹한 노역과 질병으로 대부분 숨졌다. 일 년여 후 남은 100여 명이 돌아가다가 그나마 유럽인한테 옮은 천연두와 결핵의 습격을 받았다. 저항력이 없었던 이들은 거의 배 위에서 속속 쓰러져 바다에 던져졌고, 섬으로 돌아간 자는 10여 명에 불과했다고 한다. 젊고 강건한 육체로 겨우 살아남았을 극히 소수인 이들 중, 그들 고유의 문자를 해독하고 섬의 역사를 부족서사시로 구송할 수 있는 부족민은 없었다. 이로써 그들의 문자와 역사가 영원히 사라졌다는 것이 현재까지의 연구 결과이다. 기존의 문헌들에는 족장 일행의 탈출과 실종에 대한 기록은 없다.

루에 채우는 것이다. 그 자루를 섬 발치께의 배가 닿는 곳까지 운반해 배에 실으면 되었다.

작업은 비교적 단순했지만, 과정은 그렇게 간단하지 않았다. 우선 오랜 세월 동안 굳어진 새똥은 곡괭이를 튕겨 낼 정도로 단단해 채취하기가 쉽지 않았다. 작업 자체보다 고통스러운 것은 먼지와 악취였다. 수많은 사람들이 산 중턱 가득 달라붙어 파내다 보니 건조할 대로 건조한 새똥은 뿌연 먼지를 연기처럼 피워 올렸다. 악취로 뒤범벅된 먼지는 코를 막았고, 머리가 깨질 것처럼 아팠다. 거기에다 화살처럼 내리꽂히는 햇살은 어깨를 벌겋게 달구었다.

첫날 작업 시범을 보인 상인들은 먼지와 악취를 피해 이내 배에 올라탔다. 그들이 탄 배는 섬 주변을 돌면서 노역을 감시했다. 배를 섬에 대는 것은, 운반선이 사흘에 한 번씩 구아노 자루를 실어 낼 때와 식량선이 하루에 한 번씩 빵과 물을 공급할 때뿐이었다. 운반선이 들어오는 때는 오전이었고, 식량선이 들어오는 때는 저녁 무렵이었다.

우리 부족민들이 사흘에 한 번씩 운반선을 채울 정도의 구아노를 채취하지 못하면 그 벌로 하루는 식량선이 도착하지 않았다. 부족민들은 이런 노역의 규칙에 익숙해져야 했다.

판에 박힌 듯한 하루하루가 흘러갔다.

부족민들은 해가 뜨면 먼지와 악취 속에서 노역을 하고 해가 지면 쓰러져 잠을 잤다. 나 역시 부족민과 같은 처지였다. 상인들은 족장이라고 해 구분하여 나를 대접하지 않았고, 나 또한 부족민과 다른 취급을 받는 것을 원하지 않았다. 악취가 잔뜩 도사린 동굴 속에 웅크리고 앉아 있기보다는 차라리 부족민과 함께 곡괭이를 휘두르는 것이 견디기가 쉬웠다.

그렇게 한 달, 두 달, 세 달이 흘러갔다.

물론 판에 박힌 듯한 노역의 날들이었지만, 모든 것이 똑같지는 않았다. 사람들이 달라져 갔다. 부족민들 모두가 눈에 띄게 쇠약해져 갔다. 지독한 먼지와 악취, 부실한 영양 상태 등은 그들의 건강을 빠른 속도로 잠식해 갔다. 작업 중에 쓰러지는 사람이 속출하기 시작했다. 반 년이 지났을 때는 노약한 부족민들 서른아홉 명이 이미 목숨을 잃었다. 그들은 아무 장례 절차도 없이 바다에 던져졌다.

그리고 거대한 죽음의 그림자가 섬을 덮쳤다. 그 병을 가져온 것이 운반선이라는 것은 분명했다. 운반선의 상인 중 하나가 온몸이 벌겋게 열이 오른 채로 발가벗겨져 갑판에 눕혀져 있었는데, 자루를 메고 운반선에 올라갔던 부족민 하나가 무심코 이 상인의 옆에 놓인 물병을 들어 물을 마셨다. 너무 목이 말랐던 부족민은 보는 사람이 없는 것을 틈타 황급히 물을 들이켰던 것이다.

　다음 날부터 그 부족민은 열로 타올랐고, 화산암처럼 발진(發疹)이 온몸을 덮었다. 그는 이틀을 채 넘기지 못하고 숨을 거두었는데, 그 죽음은 이 낯선 병의 시작에 불과했다. 곧 부족민들 사이에 열과 발진은 무서운 속도로 번졌고, 하룻밤 사이에도 수십 명이 쓰러져 갔다. 이 무서운 병은 우리 부족민들에게는 공포 그 자체였다. 조상들에게도 들어본 적이 없는 병이었기에 최소한의 방비책도 세울 수가 없었다.

　병이 시작된 지 열흘도 채 지나지 않아 이백여 명에 가까운 부족민이 목숨을 잃었다. 체력이 떨어져 있던 노약자들이 속속 쓰러졌다. 고령인 사제들도 예외가 아니었다. 다섯 구역의 사제 중 살아남은 사람은 '잘 자란 풀'과 '높은 바람'뿐이었다. 이제 나를 포함해 여섯 구역의 사제 중 살아남은 사람은 세 명이었다. 그건 우리 부족의 언어를 완벽하게 구사하고 이야기를 구송할 수 있는 사람이 세 명밖에 남지 않았다는 사실을 의미했다. 지금 상황에서는 남은 세 사람도 언제 쓰러질지 알 수 없었다.

　섬에서라면 설사 한 사람의 사제만 있어도 제자들에게 구송을 전수할 시간이 있을 것이다. 그러나 이런 상황에서 그건 불가능한 일이었다. 그리고 충분하지는 않지만, 어느 정도 구송을 익힌 상태인 제자들도 앞으로 어떻게 될지 그 운명을 알 수 없는 일이었다. 상인들은 자신들이 목표로 하는 만큼의 채취가 끝나면 섬으로 돌려보낸다고 하지만, 그걸 믿을 수는 없는 일이었다. 지금으로서는 섬으로 갈 수 있는 것은 영혼뿐인 것 같았다.

한꺼번에 부족민 스물세 명을 수장하고 난 날 밤, 나는 나머지 두 명의 사제와 다섯 명의 제자들을 불러 모았다. 그리고 내가 생각하고 생각해서 내린 결정을 말해 주었다.

족장이자 사제이지만 여기서 내가 할 수 있는 일은 아무것도 없었다. 다른 사제들도 마찬가지였다. 우리는 부족민들의 생존에 관해 완전히 무력한 상태인 것이다. 이런 상황에서 내가 해야 할 일은 부족의 역사와 문자, 정신과 넋을 지켜 내는 일이었다. 가능할지는 전혀 가늠할 수 없지만, 목숨을 걸고 최후의 시도라도 해 봐야 했다.

묵묵히 내 이야기를 들은 두 사제는 고개를 끄덕여 동의를 표시해 주었다. 다섯 명의 제자들도 스승들과 함께 하기로 했다. 죽음을 앞당기는 길일 수도 있지만, 현재로서는 다른 선택의 여지가 없었다.

그 날 자정 무렵, 나와 두 명의 사제, 다섯 명의 제자들은 조용히 숙소를 빠져 나왔다. 이제 남은 부족민들의 목숨은 운명의 손에 맡길 수밖에 없었다. 우리들 또한 운명의 손에 맡기는 것이었다.

숙소를 나온 우리는 구아노 자루가 쌓여 있는 해안까지 갔다. 병이 퍼진 뒤로 며칠 째 작업은 중단된 상태였다. 물론 운반선도 들어오지 않았다. 다만 하루에 한 번씩 오는 식량선만이 해안 가까이 다가와서는 물통과 빵 자루를 던지고 후다닥 배를 저어 나가 버렸다.

숨죽여 해안에 도착한 우리는 구아노 자루 하나씩을 메고 바다로 걸어가기 시작했다. 바싹 마른 구아노는 물에 둥둥 뜬다. 구아노 자루를 껴안고 헤엄치면 수월할 것 같았다. 예상대로였다. 구아노 자루의 부력은 상당해 자연스럽게 물 위에 뜰 수 있었다. 수영에 익숙한 우리들이었지만, 이렇게 부력의 도움을 받으면 훨씬 쉽게 목표 지점에 도달할 수 있을 것이다. 구아노는 점점 물기를 머금게 되겠지만, 워낙 건조한 상태여서 상당한 시간 동안 부력을 유지할 것 같았다.

우리의 목표는 섬에서 꽤 떨어진 곳에 떠 있는 식량선이었다. 저녁에 식량을 섬에 던진 식량선은 섬에서 저만큼 물러나 정박을 한다. 그렇게 밤을 지내고 아침이면 육지로 가는 것이다.

나와 사제 둘, 그리고 제자 다섯은 조용히 발로 물살을 저어 식량선으로 다가갔다. 한 시간이 넘게 헤엄을 쳐 우리는 식량선까지 도달할 수 있었다. 구아노 자루는 여전히 부력을 유지하고 있었다.

구아노 자루를 버린 우리는 숨을 죽이고 배로 기어올랐다. 예상대로 식량선에는 상인 다섯 명이 타고 있었다. 갑판에 세 명, 갑판 아래 선실에 두 명이 잠에 곯아떨어져 있었다. 발소리를 죽이며 갑판으로 다가간 우리는 일제히 달려들어 사람들을 들어 올리고는 바다에 던져 버렸다. 그리고 그 소란에 놀라 갑판으로 뛰쳐나오는 선실의 두 명도 바다에 던져 버렸다. 다른 방법은 생각할 수 없었다.

상인들을 바다에 던진 제자들은 노로 달려들었다. 한시 바삐 이 섬에서 벗어나야 한다는 생각이었다. 우리는 온 힘을 다해 노를 저었다.

수평선을 벌겋게 물들이며 해가 떠올랐을 때 배는 섬에서 상당히 멀어져 있었다. 그러나 우리는 교대로 쉬지 않고 노를 저었다. 우리들의 섬이 있는 방향이라고 짐작되는 곳을 향해.

물론 나는 잘 알고 있었다. 한 달 보름 정도 동력선으로 온 거리를 노를 저어 가기란 불가능하다는 것을. 그러나 구아노의 섬에서 죽음을 기다리고 있을 수만은 없었듯이, 바다로 나와 그냥 있을 수는 없었다.

신이 조금이라도 공평하다면, 그래서 우리를 덮친 불행의 한 귀퉁이만큼이라도 행운을 허락한다면, 선한 뱃사람들의 상선을 만나 우리는 섬으로 갈 수 있을지도 몰랐다. 곧바로 가지는 못하더라도 어느 정도 가까이 가 다른 배를 얻어 타고, 얻어 타는 식으로 섬에 돌아갈 수 있을지도 몰랐다. 다행히 식량선 안에는 빵과 물이 제법 비축된 상태여서 행운을 기다릴 어느 정도의 시간 여유는 있었다.

그러나 행운이나 불행을 주는 신이라든지, 선한 뱃사람 따위는 아예 존재하지 않는 것인지도 몰랐다. 작은 목선에 목숨을 싣고 망망대해로 나간 우리들을 기다린 것은 정 반대의 것들이었다.

섬을 탈출해 나흘이 지난 오후였다. 먹구름이 삽시간에 하늘을 덮었다. 우리의 코에 너무나 익숙한 냄새, 사나운 폭풍우의 전조가 비바람을 타고 달려들었다. 파도가 하늘 높이 솟아오르고 바다는 우리의 비명을 간단하게 삼켜 버렸다.

다음 날 아침, 내가 본능적으로 껴안은 널빤지 하나에 의지해 이제 잠잠해진 물결에 실려 너울거릴 때, 주위 바다에는 아무것도 없었다. 나머지 사제들과 제자들은 아무리 찾아도 흔적조차 보이지 않았다.

지금 상태에서는 그들이 더 이상의 고통 없이 고기밥이 되었기를 바랄 뿐이었다. 내 자신에게도 같은 것을 바랄 수밖에 없을 것 같았다.

그러나 내 시련과 고통은 아직 끝난 것이 아니었다. 하루를 더 널빤지에 실려 물결을 따라 흘러가던 나를 발견한 것은, 남태평양을 가로질러 동쪽으로 향하던, 역시 노예선이었다.[12]

노예선으로 끌어올려진 나는 다시 한 달 보름 가까운 항해를 거쳐 큰 항구에 도착했다. 항구는 말과 마차, 권총을 찬 하얀 사내들과 요란스러운 화장을 한 여자들, 그리고 검고 붉은 피부색의 노예들로 소란스러웠다. 나는 이 항구의 노예 시장에서 인근의 농장으로 팔려 오게 되었다.[13]

---

12) 19세기 중엽인 당시, 남태평양의 망망대해에서 그가 만날 수 있는 확률이 가장 높은 배는 노예선이 될 수밖에 없었을 것이다. 그 무렵 서구 열강은 식민지 탈취에 혈안이 되어 있었고, 그렇게 탈취한 식민지를 경영하려면 막대한 노동력이 필요했을 것이다. 그런 노동력을 공급하기 위하여 노예상인들은 아프리카의 밀림과 아메리카의 초원을 훑었고, 그렇게 잡아들인 원주민들을 대양을 가로질러 분주히 날랐으니까.

13) 그가 도착한 항구는 오클랜드(Auckland)로 추정된다. 오클랜드는 인도를 정복하여 영국의 영웅으로 추앙 받던 오클랜드 경의 이름을 따서 1840년 붙여진 뉴질랜드의 항구 도시다. 현재 뉴질랜드 최대의 도시인 오클랜드는 당시로서는 식민지 개척의 전초 기지 같은 곳이었다고 할 수 있다. 그가 끌려간 1860년대는 식민지 개척자들의 수가 늘어나면서 오클랜드 주변의 토지가 급속하게 백인들의 농장으로 점령당해 갈 때였다.

26장

새벽부터 추적추적 내리던 빗줄기가 오후 들면서 점점 거세졌다. 우마(牛馬)를 위한 건초와 농기구를 보관하는 창고 앞마당이 비안개로 부옇게 흐려져 있다. 앞마당은 통나무 울타리 너머 지평선이 하늘과 맞닿은 드넓은 들판으로 연결된다.

헨리 녀석은 조금 전 빗속을 뚫고 안채로 달려갔다. 저녁을 먹으라는 흑인 하녀의 외침이 몇 번이나 들렸던 것이다. 녀석이 몰래 가슴에 품고 와 건넨 빵이 아직도 따뜻한 온기를 머금고 있다.

처음에는 녀석도 나를 마치 짐승 보듯이 했다. 이 곳의 흰 피부를 가진 사람들이 으레 그렇게 하듯 말이다. 그런데 우연찮은 계기로 녀석과 나는 친구가 되었다.

아마 내가 이 곳에 팔려 온 지 두 달 가량이 지났을 때일 것이다. 가을이었다. 건초를 베어 들이는 날로 기억한다. 하루 일과가 끝나고 나는 농장 뒤편의 언덕 위에 서 있었다.

지평선 가득 노을이 퍼져 있었다. 마치 우리 섬의 수평선을 물들이던 노을처럼. 인간들은 너무나 다르지만 자연은 어디에서나 그 모습을 잃지 않고 있었다.

그 노을을 보고 있으려니 나도 모르게 눈물이 흘러내렸다. 그리고 그 눈물을 따라 노래가 흘러나왔다. 구송을 할 때의 가락으로 나는 나직하게 노래를 불렀다. 그 이야기 중에서도 '큰 노래'가 노래를 부르는 부분이었다. '큰 노래'가 가슴을 쥐어짜는 고통과 슬픔, 목이 타들어 가는 간절한 그리움으로 부르던 노래였다. 마침내 섬의 오랜 절망과 죽음을 물리친 평화와 생명의 노래였다. 사랑의 노래였다.

얼마나 지났을까?

나는 뒤에서 인기척을 느꼈다. 돌아보니 한 아이가 서 있었다. 나는 그 아이가 농장 주인의 아들이란 것을 잘 알고 있었다. 몇 번이고 알아들을 수 없는 그들의 말로 나를 놀려 대던 아이였다.

그런데 아이의 표정이 좀 이상했다. 나를 놀려 대던 장난과 경멸의 표정이 아니었다. 내 눈을 들여다보는 아이의 눈은 진지했고, 표정은 겸손해 보였다.

물론 우리는 서로 의사소통을 할 수 없었고, 아이의 마음을 전달받을 수는 없었다. 하지만 나는 가라앉은 아이의 눈동자와 얼굴 표정에서 아이가 내 노래에 깊은 감동을 받았다는 것을 느낄 수 있었다.

　나중에 우리가 어느 정도 의사소통을 할 수 있게 되었을 때, 역시 그 날 내가 짐작한 것이 틀리지 않았다는 것을 알 수 있었다.

　"뜻은 몰랐어요. 하지만, 너무 슬펐어요. 그리고 아늑하고 편안하기도 했어요. 마치 내 몸이 따듯한 물 속에 잠겨 있는 것 같았어요. 자꾸만 듣고 싶었어요."

　헨리(그 아이의 이름이다. 우리와 달리 소리만 있지 별 뜻이 없는 이름이라고 한다.)는 그 날 이후 나를 소중한 친구로 대해 주었다.

　내가 이 곳에 온 지도 어느덧 다섯 해가 다 되어 간다. 늙은 내가 참 긴 시간 이 농장의 노역을 견딘 것 같다.

　아마, 내가 지금까지 살아온 힘의 많은 부분은 헨리라는 아이가 준 것이 아닌가 싶다. 열두 살이던 그 아이가 지금은 열일곱이 된 지난 다섯 해 동안, 우리는 많은 이야기를 나누었고 감정을 함께 느꼈다. 그 아이가 아니었으면 정말 나는 짐승처럼 일을 하고, 먹고 쓰러져 자고, 또 일을 했으리라.

한 가지 아쉬운 점은, 헨리 녀석이 우리말을 배우지 못했다는 것이다. 나는 헨리에게 우리말을 가르쳐 보려고 노력했다. 그러나 역시 어려운 일이었다. 따지고 보면, 학교라는 곳에서 배울 것이 많은 아이에게 전혀 낯선 말을 가르친다는 것 자체가 무리였다. 더구나 아이 입장에서는 아무 쓸모가 없는 말이니까.

　결국 헨리와 의사소통을 하기 위해서는 내가 이들이 쓰는 말을 배울 수밖에 없었다. 한 해가 지났을 때, 나는 어느 정도 이들의 말을 알아들을 수 있었다. 그리고 두 해가 지났을 때는 간단한 의사 표시를 할 수 있었다. 마침내 세 해가 지난 뒤에는 내 생각과 감정을 표현할 수 있었다. 그 모두가 제 책을 가져다가 나름대로 열심히 가르쳐 준 헨리 녀석의 도움 덕분이었다.

　그렇게 해 나는 녀석과의 약속을 지킬 수 있었다. 그건 녀석이 들었던 노래, 우리의 이야기를 들려준다는 약속이었다.

　"처음 할아버지의 노래를 듣고 결심했어요. 저 노래의 뜻이 무엇인지, 무엇을 노래하고 있는지 꼭 알아야겠다고요."

　나중에 헨리가 한 말이었다. 열두 살치고는 심지가 깊은 결심이었다. 총명하고 생각이 깊은 아이였다.

　나는 그 이야기를 오랜 시간에 걸쳐 들려주었다. 가락이 잘 살아나 노래하기 적절한 부분은 노래를 하고, 다시 이야기로 알려 주었다. 한번 시작해 끝내는 시일이 짧게는 한 달, 길게는 두 달이나 세 달이 걸렸다. 그 이야기가 길기도 하거니와 내가 배워서 하는 말이 아무래도 익숙하지 않았고, 우리가 만나는 시간도 일정하지 않았기 때문이었다. 그렇기는 하지만, 헨리는 내 이야기를 아마 열 번은 더 들었을 것이다.

이번 비는 유난히 길게 이어지는 것 같다. 벌써 닷새가 넘게 비가 오고 있었다. 물론 들판에 나갈 수가 없었다.

다행이라면 다행이었다. 이런 몸 상태로 들판에 나가면 몇 시간도 버티지 못할 것이다.

며칠 전 다시 시작된 기침과 열이 더 심해졌다.

"콜록, 콜록, 콜록……."

나는 연이어 터져 나오는 기침을 몇 차례 토해 낸 뒤, 벽에 기대 가슴을 움켜쥐었다. 이마의 열과는 달리 가슴이 서늘하게 식어 가는 것을 느낄 수 있었다.

이제 내 시간의 끝이 다가오고 있는 것 같다. 땅으로 되돌아갈 시간 말이다. 차라리 마음이 편했다. 너무 긴 시간을 살았다는 생각이 들었다.

영광도 고통도 있었다. 이방인들에게 사로잡힌 뒤로는 견딜 수 없이 고통스러웠다. 부족의 전통만 아니라면 스스로 목숨을 끊고 싶을 때가 많았다.

하지만 이제 와 되돌아보니, 참고 견디며 살아온 것이 다행이라는 생각이 든다. 하늘과 땅이 준 생명은 소중하게 보듬고 살아야 한다. 생명의 끝은 다시 하늘과 땅이 결정할 것이다.

내 시간의 끝은 이렇게 스스로 찾아오는 것이다.

날이 더 어두워져 마당과 울타리 너머 들판이 지워지고 있다.

다시 가슴이 터질 것만 같은 기침이 나왔다.

겨우 진정시킨 나는 벽에서 등을 떼 건초더미에 길게 누워 눈을 감았다. 썰물처럼 내 몸에서 힘이 빠져 나가는 것을 느낄 수 있었다.

정말 길고 긴 항해였다. 이제 내 영혼은 저 바람을 타고 저 막막한 허공으로 날아가리라.

미련을 거둘 시간이다. 이제 이 곳에서의 여행은 끝났고 다른 시작이 기다리고 있으니까.

다른 존재로의 여행을 위하여.

기록자의 말

이 곳 신대륙 원주민들에게 전해 오는 오랜 속담에 이런 말이 있다.

'가슴 속에 너무 말이 많으면 입이 막힌다.'

내가 오랫동안 그(HE)의 이야기를 가슴에 품고만 있었던 이유를 잘 말해 주는 속담인 것 같다. 40여 년이 가까이 지난 지금도 우리들이 함께했던 시간을 회상하면 가슴이 먹먹해진다. 그리고 언어라는 것이, 내가 평생 붙들고 연구하는 것이지만, 참 한계가 있구나 하는 생각을 하곤 한다.

하지만 이제 말을 해야 한다. 아니, 누구에게 직접 말을 할 수 있는 것은 아니다. 설혹 말을 한다 하더라도 들을 수 있는 귀가 없으니 무슨 소용이 있겠는가. 그러니 기록으로 남겨야 한다.

몇 년 전부터 눈이 침침해지기 시작했다. 또 사람의 운명이란 언제 어떻게 될지 모르는 것이 아닌가. 만약 내가 갑자기 쓰러지기라도 한다면 그의 목소리는 영영 사라지고 말 것이다. 이런 생각을 하자, 어떻게든 가슴 속에 있는 말을 남겨야 한다는 생각이 든 것이다. 그리고 그건 내가 열일곱 살에 고향을 떠나 도시로 올 때, 그의 무덤 앞에서 내 마음 속 깊이 다짐한 약속이기도 했다.

기록을 할 결심을 하고 쓰기 시작한 뒤 지난 몇 달 동안, 난 하루도 빠지지 않고 이 기록에 매달려 왔다. 회상을 더듬고 깊게 울리는 그의 목소리를 떠올리며. 어떤 날은 잘 풀려 나갔고 어떤 날은 단 한 문장도 쓰지 못할 때도 있었지만, 멈추지는 않았다.

기록을 하는 동안 나는 안타까운 심정에서 헤어날 수가 없었다. 때로는 절망적인 심정이 되기까지 했다.

'내가 글을 좀더 잘 쓰면 얼마나 좋을까. 내 허술한 문장이 어떻게 그 깊고 깊은 목소리를 살려 낼 수 있단 말인가.'

처음으로 내가 창작자가 아니고 언어학자라는 사실, 내 빈약한 상상력과 건조한 문장력이 원망스러웠다.

그러나 후회해도 소용없는 현실이 아닌가. 난 할 수 있는 만큼 그 분, 큰 목소리(BIG VOICE)의 언어를 되살려 내고자 했다.

여기서 한 가지, 가슴을 치고 싶은 후회를 털어놓아야겠다.

우리가 처음 만났을 때 그는 우리말을 몰랐고, 나는 그의 말을 몰랐다. 차차 시간이 지나며 그는 내가 가르쳐 주는 우리말을 익혔지만, 나는 그의 말을 배우지 못했다. 2년쯤 지났을 때, 우리는 별 어려움 없이 의사소통을 할 수 있었다. 물론 영어로. 나는 단 한 마디도 그의 언어를 배우지 않았던 것이다.

나중에 수도로 나와 대학을 다니며, 나는 이 점이 뼈아프게 느껴졌다. 내가 얼마나 큰 무례를 그에게 저질렀던가. 그는 자주 나에게 몇 마디씩이라도 자신의 부족 언어를 가르치려고 시도했다. 그러나 나는 전혀 관심을 기울이지 않았다. 때문에 우리의 의사소통은 일방적으로 영어가 될 수밖에 없었던 것이다.

그래서 그는 스스로의 언어를 말할 기회 자체를 상실하고 만 것이다. 이제 이 지구에서 그 언어는 영원히 사라져 버렸다. 수많은 사람들의 땀과 눈물, 웃음과 울음으로 만들어 낸 역사와 문화도 사라져 버리고 말았다. 결국 내가 법학에서 언어학으로, 그것도 소수 부족의 언어 연구로 방향을 바꾼 것은 내 뿌리 깊은 죄책감에서 비롯되었다고 할 수 있을 것이다.

고향을 떠나기 전 날 저녁 나는, 몇 달 전 봄에 눈을 감아 농장 뒤 언덕에 잠들어 있는 그의 무덤 앞에 오래 서 있었다. 그와 함께 보낸 지난 5년의 시간들이, 그 시간의 기억들이 생생하게 떠올랐다.

그는 내가 열두 살 때 처음 우리 농장에 왔다. 팔려온 노예로서. 훌쩍 큰 키에 땅 빛깔을 닮은 그의 얼굴을 보고 나는 철없이 '깜둥이'라고 놀렸다. 하지만 우리가 가까워지기까지는 오랜 시간이 필요한 것은 아니었다.

아득한 시간 저 너머지만, 지금도 눈을 감으면 정말 생생하게 떠오른다. 며칠이고 비가 쏟아지는 장마의 날들이면 건초 냄새가 구수한 창고에서 건초 더미에 몸을 묻고 들었던 이야기들. 지평선 가득 붉은 노을이 퍼져 갈 때, 우리 농장이 있던 먼 들판에서 나란히 걸어오면서 그가 나직하게 불러 주던 노래들. 그 이야기와 노래, 그처럼 깊고 아득하게 울리던 목소리.

이 기록을 쓰는 내내 나는 그의 이야기와 노래를, 그의 이름처럼 '큰 목소리'로 듣고 또 들었다. 비록 귀로 듣는 소리는 아니었지만 그 목소리는 가슴과 머릿속에서 깊게 울리고 아득하게 소용돌이쳤다.

그 목소리를 들으며 작지만 간절한 갈망을 품게 되었다.

어느 날, 어느 곳에선가, 한 사람 또 한 사람, 그리고 사람에서 사람으로 이 기록이 전해지고 전해지기를 말이다. 그래서 그의 말과 노래가 가슴에서 가슴으로, 흐르는 강물처럼 바다의 파도처럼 여울져 흐르기를 말이다.

비록 내 뻑뻑한 머리와 서툰 내 손 탓에 거칠고 허술한 기록
이 되었지만, 이 기록이 품은 사람과 이야기는 정말 그럴 만한
가치가 있으니까.

1910. 3. 12
Henry Kipling

잃어버릴 수 없는 꿈을 위하여

언제부터인가 대다수의 사람들은 꿈을 이야기하지 않는다.

물론 이 말은 사람들이 밤에 잘 때 꿈을 꾸지 않는다는 뜻이 아니다. 그런 꿈이야 누구나 수없이 꾸고 있을 테니까.

또한 이 말은, 사람들이 앞날에 대한 현실적인 계획이나 목표를 상실했다는 의미도 아니다. 일류대학에 합격하고 좀더 넓은 집으로 이사 가려는 계획이나 목표 같은 것들은, 대다수의 사람들이 강한 욕망으로 넘치게 품고 있을 것이다. 하지만 이런 현실적인 욕망에 갇힌 계획이나 목표를 꿈이라 할 수 있을까?

나는 분명하게 고개를 젓는다, 아니라고. 꿈이라면 적어도 그렇게 땅에서 한 발짝도 떨어지지 않는 개인의 이익과 욕망에 머물 수 없는 것이라고.

그러니까 대다수의 사람들이 잃어버린 꿈은, 밤에 자면서 꾸는 꿈이 아니고, 앞으로 어떻게 돈을 많이 벌어 풍족하게 살아갈 것인가를 현실적으로 계산하는 욕망도 아니다.

우리가 잃어버려서는 안 될 그 꿈은 미래를 가꾸어나가는 이상이요, 소망이다. 그 이상과 소망은 자신을 위한 것이고 더불어 세상을 위한 것이다. 개인과 세상이 함께 행복하기를 바라는 것이다. 세상과 함께 하지 않는다면 개인도 행복할 수 없기 때문이다.

이런 이상과 소망은 개인과 사회가 결코 잃어버릴 수 없는 꿈인 것이다. 이 소설, 저 아득한 시간과 공간에서 벌어지는 이야기는 바로 이런 꿈에서 출발하였다.

어느 날, 한 잡지의 특집 기사를 보았다. 기사의 중간 중간에는 칼라로 선명하게 찍은 사진들이 있었다. 하늘로 거대하게 솟은 석상들, 부드러운 능선을 따라 펼쳐진 푸른 들판, 저 아득하게 펼쳐진 거대한 바다. 그 기사는 세계의 불가사의 중 하나로 꼽히는 이스터 섬을 다룬 것이었다.

이스터 섬은 남태평양의 작은 섬인데, 그 섬의 사람들이 세계의 불가사의 중 하나를 만들어 낸 것이다. 몇 페이지에 불과한 기사는 이스터 섬의 역사, 전쟁과 평화에 대해 간략하게 다루고 있었다.

나는 그 사진들을 보고 기사를 읽으면서, 상상의 날개에 내 몸을 실었다. 그 상상은 저 아득한 남태평양의 작은 섬에서 살았던 사람들의 꿈 속으로 날아올랐다. 그 상상의 여행은 몇 가지 질문을 동반한 것이었다.

'그들은 어떤 이상과 소망을 가졌을까?'

'고통과 죽음을 어떻게 이겨 내고 평화와 사랑을 만들 수 있었을까?'

'그들의 삶이 꿈을 잃어 가는 오늘날 우리들에게 무슨 말을 해 줄 수 있을까?'

나는 이런 질문들을 내 놓고 거기에 대답해 보고 싶었다. 물론 이 질문과 대답은 막연한 호기심을 충족시키기 위한 것이 아니다. 불가사의 운운하는 현상 그 자체에 대해 나는 별 관심이 없기 때문이다.

내가 그 섬에 대해 상상하면서 정작 바라본 것은 우리들의 현실이다. 이 질문과 대답이 우리의 현실에서 필요하다고 판단한 것이다.

일단 시작된 질문은 꼬리를 물고 이어졌고, 대답은 점점 더 깊이 뿌리를 내려야 했다.

대다수의 사람들이 꿈을 잃어 가는 것, 우리 사회의 진정한 문제는 이것이 아닐까? 물질적인 욕망에 허덕이며 자신의 이익에 몰두하는 개인들, 이런 개인들이 만드는 사회는 어떤 모습일까? 마치 맹수가 득실거리는 정글과 같지 않을까? 그것이 바로 우리 사회의 모습이 아닐까?

우리는 왜 이렇게 되었을까? 스스로 행복하고 더불어서 행복한 세상을 만들겠다는 꿈이 없기 때문이 아닐까? 소유의 욕망에 휘둘리며 진정한 삶의 가치를 잃어버려서가 아닐까? 그렇다면 어떻게 사는 것이 개인과 사회가 진정으로 행복해지는 길일까?

나는 이 소설을 쓰면서, 우리 청소년 독자 여러분들과 더불어서 우리의 꿈에 대해 생각해 보고 싶었다. 우리 한 사람 한 사람이, 그리고 우리가 함께 꿈꾸고 가꾸어야 할 이상과 소망에 대해 이야기하고 싶었다. 그 아름다운 꿈을 함께 그려 보고 싶었다.

이제 대다수의 사람들이 꿈꾸지 않고, 세상은 더 이상 우리의 꿈을 돌아보지 않을지도 모른다. 하지만 우리는 그 아름다운 꿈을 잃어버릴 수 없다. 미래를 포기할 수 없고, 포기해서도 안 되기 때문이다.

2009년 봄
배봉기

배 봉 기

1956년 전라북도 남원에서 태어나 전북대학교와 연세대학교 대학원에서 국어국문학을 공부했다. 소년중앙문학상과 계몽사아동문학상에 동화, 국립극장 장막 공모에 희곡, 스포츠서울·영화진흥공사 공모에 시나리오, '문학사상' 신인상에 장편소설이 각각 당선되어 작품 활동을 시작했으며, 그림책, 동화, 동극, 희곡, 소설 등 장르를 넘나들며 다양한 작품을 꾸준히 발표하고 있다. 지은 책으로 장편동화 『실험 가족』, 『너랑 놀고 싶어』, 『새 동생』, 『난 이게 좋아』 등과 장편소설 『아무도 대답하지 않았다』, 『서울 사막 낙타눈깔 혹은 낙타의 눈물』 등이 있다. 현재 광주대학교 문예창작과 교수로 재직하고 있다.

푸른도서관은 10대에서 20대까지 눈부신 성장을 거듭하는 푸른 세대를 위한 본격 문학 시리즈입니다.

＊〈푸른도서관〉 시리즈는 계속 나옵니다!